U0124219

日本語能力試験

耳感記憶

耳から覚える

N2

文法
トレーニング

安藤栄里子・今川 和　著

大新書局　印行

本書で勉強する方へ

文法を勉強するのは何のためでしょうか。それは、正しく聞くため、正しく読むため、正しく話すため、そして正しく書くためです。文法がきちんとわかっていなければ、必要な情報を受け取れなかったり、自分の言いたいことが相手に伝わらなかったりします。

N2レベルで学ぶ機能語は、多くの人が読む文章やテレビ等のニュース、日常的な会話等でよく使われる表現ばかりです。ですから、それをマスターすることは、専門学校や大学で勉強するためだけではなく、日本で生活する上でも必要なことなのです。これらの表現を使いこなせるようになれば、聞く、読む、話す、書く、どの分野においても、確実にレベルアップできるでしょう。

本書は、日本語能力試験N2レベルの勉強をなさる方が、そのレベルの機能語をしっかり身に付けられるようにと考えて作りました。

●本書の特長

1 提出順について
概念のわかりやすさと使用頻度を考慮しました。★が増えるほど難しくなります。

2 例文について
・その機能語がよく使われる場面、よくいっしょに使われる語彙等を考慮しました。

・N2の勉強をする皆さんに覚えてもらいたい言葉を、できるだけ多く使うようにしました。

・その機能語の意味が具体的なものから抽象的なものまで、幅広く並べました。

・言葉を入れ替えれば、いろいろな場面に応用できる文を多く入れました。

3 意味の理解を助けるために
・形式名詞については、復習項目（N3レベルまでで勉強しているもの）を入れました。

・動詞を含む機能語については、動詞のもともとの意味や使い方を入れました。

4 形を覚えるために
形を覚えたかどうかをチェックできる問題を数多く入れました。

　　→「練習」の「助詞を入れる問題」「活用の問題」、「まとめテスト」の問題Ⅰ、Ⅱ

5 聞いて覚えるために
　CDを付けました。覚えるためには目で見るだけでなく、聞く、書く、実際に口を動かして言ってみる等、五感をフルに使うことが効果的だからです。一つの機能語の一つの意味ごとに、一つあるいはそれ以上の例文が録音されています。

　知らない言葉は聞き取りにくいものですが、文法も同じです。聞いてすぐにわからなければ、本当にわかったとはいえません。

6 繰り返して覚えるために
練習問題で繰り返し例文を取り上げています。

　　→ディクテーション、ユニットごとの練習、まとめテスト

「まとめテスト」はほとんどの問題文が、例文またはそれ以前の練習問題に出題されているものなので、意味と形をしっかり覚えているかどうかチェックできます。

7 実力を試すために
　総合問題を付けました。日本語能力試験N2の文法問題と似た形式です。1～3回の中に、N2の機能語が全部含まれています。実際の試験と同じように、初級文法の応用問題や敬語の問題も入れました。

●本書の使い方

Step 1　例文を読んで、意味と接続の形を確認します。CD も利用して、しっかり覚えます。

⬇

Step 2　一つのユニットが終わったら、「ディクテーション」、「練習」をします。
ユニット3回分が終わったら、「まとめテスト」をします。
できなかった問題はチェックしておいて、何度も繰り返してください。

⬇

Step 3　「まとめテスト3」まで終わったら、総合問題に挑戦してください。

言葉の使い方、表記等についての注意

① 接続 に使われている主な言葉と記号の意味は次のとおりです。
なお、文法的にはあり得ても、実際にはめったに使われないものは省きました。

動詞	[辞書形] 書く	[ナイ形] 書か（ない）	[マス形] 書き	[テ 形] 書いて
	[タ 形] 書いた	[意志形] 書こう	[可能形] 書ける	[仮定形] 書けば
	[命令形] 書け	[動詞＋ている] 書いている		

イ形容詞	[辞書形] 高い	[テ形] 高くて	[仮定形] 高ければ
	[イ形容詞＿φ] 高	[イ形容詞＋かろう] 高かろう	

ナ形容詞	[辞書形] 元気	[テ形] 元気で	[仮定形] 元気なら
	[ナ形容詞＿φ] 元気	[ナ形容詞＋だろう] 元気だろう	

名詞	[名詞＋の] 学生の	[名詞＋である] 学生である

普通体	動詞	書く	書いた	書かない	書かなかった
	イ形容詞	高い	高かった	高くない	高くなかった
	ナ形容詞	元気だ	元気だった	元気ではない	元気ではなかった
	名詞	学生だ	学生だった	学生ではない	学生ではなかった

名詞修飾形	動詞	書く	書いた	書かない	書かなかった
	イ形容詞	高い	高かった	高くない	高くなかった
	ナ形容詞	元気な	元気だった	元気ではない	元気ではなかった
	名詞	学生の	学生だった	学生ではない	学生ではなかった

② 記号の意味　＊　例外的な使い方であることを示します。
🎧　この文が CD に入っています。

③ 見出し語の表記は最も一般的なものにしました。ただし、そのほかの書き方もよく使われる場合は、例文の中で両者を提示しました。

④ N2 レベル以上の漢字、読みにくい漢字、固有名詞には読みがなを付けました。

我們為什麼要學習文法？是為了能準確地聽、讀、説、寫。如果不能準確地掌握文法，就不能接收必需的訊息，自己想表達的意思也不能順利地傳達給對方。

N2 程度所學的機能語，皆是大多數人會閱讀的文章、電視新聞、日常會話等經常使用的表現。因此我們之所以要掌握這些項目，不只是為了在專門學校及大學就讀，也是因為這些都是在日本生活所必需的。能將這些表現運用自如的話，不管在聽、讀、説、寫哪一個範疇，都能夠確實進步。

這本書能幫助學習日本語能力試驗 N2 程度的讀者，將該程度的機能語全部牢牢掌握。

● **本書的特點**

1 **關於排列順序**
充分考慮了各個文法項目是否易於理解和其使用頻度。★的個數越多越難。

2 **關於例句**
· 充分考慮了機能語經常使用的場面，及經常一起使用的詞彙等因素。
· 將正在學習 N2 程度的讀者應該記憶的詞彙，盡可能用在例句中。
· 列出大量機能語的含意，從具體到抽象皆包含在內。
· 書中的例句，很多都是只要替換單字，就能在各種場面應用的實用性強的句子。

3 **幫助理解含意**
· 將形式名詞加入複習項目（N3 以前的學習內容）中。
· 包含動詞的機能語，則加入動詞原本的含意與使用方式。

4 **形態變化（接續）的記憶**
設計了很多自我測試題，幫助讀者確認是否已記憶形態變化。
→「練習」的「填助詞問題」、「活用的問題」、「小測試（まとめテスト）」裡的問題 I、II

5 **透過聽來記憶**
本書附 CD。要想記住不能光靠用眼睛看，還要聽、寫、實際動口説，要最大限度地利用視覺、聽覺等，這樣才能高效率地學習。每一個機能語的每一種含意，都有一句（或以上）的例句錄音。
文法和詞彙一樣，自己不會的就聽不出來。聽了以後如果不能立刻理解，就不能算是真的掌握。

6 **反覆記憶**
在練習中例句反覆出現。
→「聽寫（ディクテーション）」、每個單元的練習、「小測試（まとめテスト）」
「小測試（まとめテスト）」裡的問題，基本上都是例句或在以前的練習問題中出現過的，可以透過「小測試（まとめテスト）」好好檢測一下自己是不是記住了各個文法的意思和形態變化。

7 **實戰演習**
本書附模擬考試題。採用和日本語能力試驗 N2 的文法問題同樣的形式。1～3 回中，包含全部 N2 的機能語。還和實際試驗一樣，加入初級文法的應用問題及敬語問題。

● **本書使用方法**

Step 1 讀例句，確認意思和接續的形態。利用 CD，牢牢記住。

Step 2 1 個單元結束後，「聽寫（ディクテーション）」並完成「練習」。3 個單元結束後，做「小測試（まとめテスト）」。不會的題目反覆確認。

Step 3 「小測試 3（まとめテスト 3）」做完後，挑戰模擬考試題。

C O N T E N T S

CONTENTS

耳感記憶

Unit 01~09

復習 こと

1 ・健康のため、毎日牛乳を飲む<u>ことにしている</u>。

2 ・法律では、20歳未満はお酒を飲んではいけない<u>ことになっている</u>。 〜規定.

・あしたはアルバイトの面接に行く<u>ことになっている</u>。

3 ・長期予報によると、今年の夏は暑い<u>ということだ</u>。 によると多と/〜 ということだ.

4 ・新聞の一面に載るという<u>ことは</u>、それが大きなニュースである<u>ということだ</u>。

5 ・時間は十分にあるから、そんなに急ぐ<u>ことはない</u>。

6 ・あしたは8時までに<u>来ること</u>。

7 ・なっとうは、<u>食べないことはない</u>が、あまり好きではない。

1 ・為了健康著想，每天都在喝牛奶。
2 ・法律規定未滿20歲不可以飲酒。
・明天去參加打工的面試。
3 ・據長期天氣預報說，今年夏天會很熱。
4 ・刊登在報紙頭版的內容，代表是重大的消息。
5 ・時間還很充足，沒必要那麼著急。
6 ・明天8點前來。
7 ・並不是不吃納豆，只是不太喜歡。

---

1 〜ことだ

意味 忠告、助言、軽い命令：忠告、出主意、輕微命令

接続 動詞の【辞書形・ナイ形】

さわ
觸る

1 パソコンの使い方を覚えたければ、<u>まずさわってみることだ</u>。

🎧 **2** 「ピアノが上手になりたかったら、毎日練習する<u>ことですよ</u>」 忠告.

3 健康のためには十分睡眠をとり、ストレスをためない<u>ことだ</u>。 advise

4 「やりたいことがあるなら、とにかくやってみる<u>ことです</u>。たとえ失敗しても、

得る<u>ことは</u>たくさんあると思いますよ」

1 想要記住電腦的使用方法，首先要試著接觸它。
2 「如果想精通鋼琴，就應該每天練習。」
3 想要健康，就要有充足的睡眠，不要累積壓力。
4 「如果有想要做的事情，不管怎樣先去嘗試著做一下。即使失敗了，我想也會有很多收穫吧。」

2 ～ことだから 〔話者的預測〕

意味 (よく知っている人等)の性格や様子から考えると→ 話し手の予想、判断 等：根拠
從（非常瞭解的人等）的性格、樣子考慮的話→說話人的預測、判斷等

接続 名詞＋の

1 朝寝坊の彼のことだから、今日も遅れてくるだろう。
2 真面目な木村さんのことだから、約束は守るに違いない。
3 母のことだから、いつも私のことを心配していると思う。
4 田舎のことだから、派手なかっこう（格好）はしないほうがいい。

1 愛睡懶覺的他，今天也會遲到吧。
2 一絲不苟的木村，一定會守約的。
3 我想媽媽經常為我的事情擔心。
4 在農村最好不要打扮得很花俏。

3 ～ことに 〔話者的心情，感情〕

意味 話し手の気持ち、感情を言う：說出說話人的心情、感情

接続 動詞のタ形／【イ形容詞・ナ形容詞】の名詞修飾形

1 うれしいことに、スピーチ大会の代表に選ばれた。
2 惜しいことに、Aチームは1点差で負けた。
3 残念なことに、楽しみにしていた（camp）キャンプが雨で中止になった。
4 驚いたことに、そのコンサートのチケットは15分で売り切れたそうだ。

1 令人高興的是，當選了演講大會的代表。
2 令人可惜的是，A隊以1分之差輸了。
3 令人遺憾的是，一直期待著的露營因為大雨終止了。
4 令人驚訝的是，據說那場演唱會的門票在15分鐘內就賣光了。

4　～ことなく ＝～しないで

意味　～しないで：不～

接続　動詞の辞書形

🎧　**1**　彼らは試合に勝つために、1日も休む<u>ことなく</u>練習に励んだ。

2　彼は社長の地位を苦労する<u>ことなく</u>手に入れた。

3　夫は毎年忘れる<u>ことなく</u>、結婚記念日に花を贈ってくれる。

苦労することなく
＝不費吹灰之力

1　他們為了贏得比賽，1天也不休息地努力練習。
2　他不費吹灰之力就得到了總經理的職位。
3　丈夫每年都不忘在結婚紀念日送花給我。

復習　もの

1　「これ、おいしいよ。なんで食べないの？」「だって、嫌いなんだ<u>もん</u>」　原因.

2　「遅れてすみません。事故で電車が止まってしまった<u>ものですから</u>」

3　「あんなまずい店、二度と行く<u>ものか</u>」

1　「這個很好吃啊，為什麼不吃呢？」「可是，不喜歡（吃）啊。」
2　「對不起，我遲到了。因為事故，電車停駛了。」
3　「那麼難吃的店，再也不去了。」

5　～ものの ＝だが

意味　～だが：雖然～但是～

接続　【動詞・イ形容詞・ナ形容詞】の名詞修飾形

1　たばこは体に悪いとわかってはいる<u>ものの</u>、なかなかやめられない。

🎧　**2**　大学は卒業した<u>ものの</u>、就職先が見つからない。

3　あの学生は成績は良い<u>ものの</u>、学習態度は良くない。

4　この家具はデザインは繊細で優美な<u>ものの</u>、あまり実用的とは言えない。

＊　全力を尽くして負けたのだからしかたがない。<u>とは言うものの</u>、やはり勝ちたかった。

1　雖然知道香菸對身體不好，但是怎麼也戒不掉。
2　雖然大學畢業了，但是還沒找到工作。
3　雖然那個學生成績很好，但是學習態度卻不好。
4　這套傢俱設計細膩、優美，但是卻不怎麼實用。
＊　已經竭盡全力了，輸了也是沒有辦法的。雖然這麼說，其實還是很想贏的。

6 ～ものだ／ではない 　（不应該・）

意味 ①〜が当然だ、一般的だ、軽い命令：應該〜、一般來說、輕微命令

接続 【動詞・イ形容詞・ナ形容詞】の名詞修飾形

🎧 **1** 「名前を呼ばれたら、返事ぐらいするものだ」 　應該
2 「悪いことをしたら謝るもんだ」 　應該
3 「お年寄りには席を譲るものですよ」
4 「女性に年を聞くもんじゃないですよ」
5 だれでもほめられればうれしいものだ。
6 子どもというものは本来元気なものだ。

1 「如果被叫到名字了，應該要應答一下。」
2 「做了壞事就應該道歉。」
3 「應該讓座給老人。」
4 「不應該問女性年齡。」
5 無論是誰，如果被誇獎了，都會高興。
6 小孩子本來就精力充沛。

意味 ②過去の思い出：過去的回憶 → ものだ（past tense 的普通体）

接続 【動詞・イ形容詞・ナ形容詞】の過去形の普通体

🎧 **1** 若いころはよく親に反抗したものだ。
2 学生時代、試験の前日になると眠れなかったものだ。
3 昔は記憶力が良かったものだが、今ではすっかり衰えてしまった。
4 このあたりは昔、車一台通らないほど静かだったものだが……。

1 年輕的時候經常反抗父母。
2 學生時代，一到考試前一天就睡不著。
3 以前的記憶力很好，但是現在完全衰退了。
4 以前，這附近就像沒有車開過一樣的安靜。

意味 ③感心、感嘆　等、しみじみとした深い気持ちを表す：讚歎、讚美等，表達深切的感慨心情

接続 【動詞・イ形容詞・ナ形容詞】の名詞修飾形

🎧 **1** 日本へ来てもう１年になる。時がたつのは本当に早いものだ。
2 貧しかった昔と比べれば、今は本当にいい世の中になったものだ。
3 早く一人前になって両親を安心させたいものだ。

1 到日本已經１年了。時間過的真快啊。
2 和貧窮的過去相比的話，現在的社會變得真是富足啊。
3 真想早點獨立讓父母安心。

7 〜ないものか／だろうか

意味 願望：願望

接続 動詞のナイ形（ものか／だろうか）

1 世界中が平和になる日が来ないものだろうか。

2 いつも原田選手に負けている。何とかして勝てないものか、作戦を考えているところだ。

3 何とか手術をしないで治せないものだろうかと、医者に相談してみた。

4 1日が30時間にならないものかなあ。そうすれば、好きなことができるのに。

1 希望世界和平的日子到來。
2 總是輸給原田選手。想方法希望贏，正在考慮作戰方案。
3 試著和醫生談談，希望設法不做手術就能治癒。
4 真希望一天有30個小時。那樣的話，就可以做喜歡的事了。

8 〜ばかりか （不僅／不但）

意味 〜ばかりでなく（N3）：不僅，不但

接続 名詞／【動詞・イ形容詞・ナ形容詞】の名詞修飾形／【名詞・ナ形容詞】＋である

1 女王は美しいばかりか心も優しかった。 but

2 この野菜はビタミンが豊富な（／である）ばかりか、がんを予防する働きもする。

3 その人は親切に道を教えてくれたばかりか、そこまで案内してくれた。

4 北野さんは自分のミスを認めないばかりか、失敗したのは私のせいだと言い始めた。

5 失業している私に、先輩は生活費を貸してくれた。そればかりか、新しい仕事を紹介してくれた。

ビタミン
＝vitamin

1 女王不僅美麗，心地也善良。
2 這種蔬菜不僅維他命豐富，還能預防癌症。
3 那個人不僅親切地告訴我路，還把我帶到那裡。
4 北野不僅不承認自己的錯誤，還說失敗是因為我的原因。
5 前輩把生活費借給處於失業的我。不僅如此，還介紹新工作給我。

9 ～ばかりだ

意味 一つの方向（多くは（－）の方向）にばかり変化が進んでいる：只向一個方向（多為負面的方向）發生發化

接続 動詞の辞書形

🎧 **1** 年をとると、記憶力は衰えるばかりだ。

2 この数年、生活は苦しくなるばかりだ。

3 せっかく覚えた日本語も、使わなければ忘れていくばかりだ。

4 仕事も私生活もうまくいかない。ストレスがたまるばかりで、いやになってしまう。

1 一上了年紀，記憶力就不斷地減退。
2 這些年，生活變得很艱苦。
3 好不容易記住的日語，如果不使用的話，漸漸地就都忘記了。
4 事業、私生活都進展得不順利。一個勁兒地積累壓力，變得不愉快起來。

moreover

10 ～上（に）

意味 ～に加えて、～だけでなく：加上～、不僅～

接続 【名詞・動詞・イ形容詞・ナ形容詞】の名詞修飾形

1 彼の妹は美人の上に性格も良い／成績優秀な上、スポーツもよくできる。

2 今日は曇っている上に風が強いので、とても寒く感じられる。

🎧 **3** 「きのうはごちそうになった上、おみやげまでいただき、ありがとうございました」

4 いまどきの若者は敬語も使えない上、礼儀も知らない。

* この本は漢字が多い。その上字が小さいので、子どもには読みにくい。

1 他的妹妹是美女而且性格也好／成績優秀，還很擅長體育。
2 今天陰天加上風力強勁，感覺非常寒冷。
3 「昨天不僅請我吃飯，還送禮物給我，非常感謝。」
4 現在的年輕人不僅不會使用敬語，連禮節都不懂。
* 這本書漢字多。加上字小的原因，小孩讀起來比較困難。

11 ～以上（は）／上は ＝からには ＝だから当然

意味 だから当然 →義務、意志、希望、依頼、命令、断定、推量 等 ＝からには（N3）：
既然～就→義務、意志、希望、委託、命令、断定、推断等 ＝からには

接続 動詞の普通体

🎧 **1** 行くと約束した以上、行かないわけにはいかない。

2 権利を主張する以上は、義務を果たさなければならない。

3 試験を受けなかった以上、進級は認められない。

🎧 **4** 兄が死んだ。こうなった上は、私が跡を継ぐしかないだろう。

5 これほど確かな証拠がある上は、Aが犯人だと認めないわけにはいかない。

6 「このように大勢の方からご推薦をいただいた上は、当選するために全力で戦う覚悟です」

1 既然約好了要去，就不能不去。
2 既然主張權利，就必須要履行義務。
3 既然沒有參加考試，就不能晉級。
4 哥哥死了。既然這樣，我就只能繼承家業了。
5 既然有這樣確鑿的證據，就能夠認定A是犯人。
6 「既然受這麼多的人推薦，那麼為了當選，我決心全力奮戰。」

12 ～上で （以此為條件の基礎）

意味 ①～してから、それを条件、基盤として：～後，以此為條件或基礎

接続 動詞のタ形／行為を表す名詞＋の　名詞の場合、「で」は省略可

🎧 **1** 「家族と相談したうえでご返事いたします」

2 実物を見たうえで、買うかどうか決めるつもりだ。

3 調べてみた上でなければ、はっきりしたことは言えない。

4 これは何度も話し合った上（で）の結論だ。

5 「この書類にご記入の上、1番の窓口にお出しください」

1 「和家人商量後再回覆。」
2 打算看到實物後再決定買不買。
3 如果不調查看看的話，就不知道確切的情況
4 這是在商量好幾次的基礎上得到的結論。
5 「填寫這個文件，然後交給1號窗口。」

意味 ②〜する場合に、〜する過程<ruby>過程<rt>かてい</rt></ruby>で：〜時候、〜過程

接続 動詞の辞書形

1 結婚<ruby>結婚<rt>けっこん</rt></ruby>している女性が働く<u>上で</u>、夫<ruby>夫<rt>おっと</rt></ruby>や子どもの協力<ruby>協力<rt>きょうりょく</rt></ruby>は欠<ruby>欠<rt>か</rt></ruby>かせない。

2 志望理由書<ruby>志望理由書<rt>しぼうりゆうしょ</rt></ruby>を書く<u>上で</u>大切なことは、具体的<ruby>具体的<rt>ぐたいてき</rt></ruby>に書くということだ。

3 外国語を勉強する<u>上で</u>、辞書<ruby>辞書<rt>じしょ</rt></ruby>はなくてはならないものだ。

4 「アパートを借<ruby>借<rt>か</rt></ruby>りる<u>上で</u>、あなたが重視<ruby>重視<rt>じゅうし</rt></ruby>することは何ですか」

1 結了婚的女性要上班，丈夫和孩子的支持是必要的。
2 寫志願理由書時，最重要的，是要寫得具體一些。
3 在學習外語的時候，辭典是必要的。
4 「在租房子的時候，你最看重的是什麼？」

1 ・「ピアノが上手になりたかったら、毎日＿＿＿＿＿＿＿＿＿＿＿＿＿＿＿＿＿＿よ」

2 ・朝寝坊の彼＿＿＿＿＿＿＿＿＿＿＿＿＿、今日も遅れてくるだろう。

3 ・＿＿＿＿＿＿＿＿＿＿＿＿＿＿＿＿＿＿、スピーチ大会の代表に選ばれた。

4 ・彼らは試合に勝つために、1日も＿＿＿＿＿＿＿＿＿＿＿＿＿練習に励んだ。

5 ・大学は＿＿＿＿＿＿＿＿＿＿＿＿＿＿＿、就職先が見つからない。

6 ・「名前を呼ばれたら、返事ぐらい＿＿＿＿＿＿＿＿＿＿＿」

　・＿＿＿＿＿＿＿＿＿＿＿＿＿＿よく親に反抗＿＿＿＿＿＿＿＿＿＿＿＿＿。

　・日本へ来てもう1年になる。時がたつのは本当に＿＿＿＿＿＿＿＿＿＿＿。

7 ・いつも原田選手に負けている。何とかして＿＿＿＿＿＿＿＿＿＿＿＿、作戦
　を考えているところだ。

8 ・この野菜はビタミンが＿＿＿＿＿＿＿＿＿＿＿＿＿、がんを予防する働きもする。

9 ・年をとると、記憶力は＿＿＿＿＿＿＿＿＿＿＿＿＿＿＿。

10 ・「きのうはごちそうに＿＿＿＿＿＿＿＿＿＿、おみやげ＿＿＿＿＿＿＿いただき、
　ありがとうございました」

11 ・行くと＿＿＿＿＿＿＿＿＿＿＿＿＿＿、行かないわけにはいかない。

　・兄が死んだ。＿＿＿＿＿＿＿＿＿＿＿＿＿＿、私が跡を継ぐしかないだろう。

12 ・「家族と＿＿＿＿＿＿＿＿＿＿＿＿＿＿＿＿ご返事いたします」

　・外国語を＿＿＿＿＿＿＿＿＿＿＿＿＿、辞書はなくてはならないものだ

Unit 01 1〜12　　　　練　習

I （　）にひらがなを１字ずつ書きなさい。

1．健康のため、毎日牛乳を飲むこと（に）している。
2．長期予報によると、今年の夏は暑い（と）いうことだ。
3．まだチャンスはあるのだから、がっかりすること（が）ない。
4．朝寝坊の彼（は）ことだから、今日も遅れて来るだろう。
5．うれしいこと（に）、スピーチ大会の代表に選ばれた。
6．「どうして食べないの」「だって、嫌い（な）（こ）（と）もん」
7．「遅れてすみません。事故で電車が遅れてしまったものです（　）（　）」
8．「あんなまずい店、二度と行くもの（だ）」
9．大学は卒業したもの（　）、就職先が見つからない。
10．何とかしてライバルに勝てないもの（だ）。
11．外国語を勉強する上（は）、辞書はなくてはならないものだ。
12．今日は気温が低い上（に）風も強く、とても寒く感じられた。
13．権利を主張する以上（　）、義務を果たさなければならない。
14．家族と相談した上（で）ご返事します。
15．女王は美しいばかり（か）心も優しかった。

II （　　）の言葉を適当な形にして＿＿＿に書きなさい。

1．あしたはアルバイトの面接に＿＿＿＿＿ことになっている。（行く）

2．＿＿＿＿＿ことに、隣に住んでいる人が犯人だった。（おどろく）

3．その当時、父はまだ＿＿＿＿＿ということだ。（学生）

4．まだ１時間あるから、＿＿＿＿＿ことはない。（急ぐ）

5．彼らは１日も＿＿＿＿＿ことなく練習に励んだ。（休む）

6．学生時代はよく映画を＿＿＿＿＿ものだ。（見る）

7．女性に年を＿＿＿＿＿ものではない。（聞く）

8．彼は成績が＿＿＿＿＿上にスポーツもよくできる。（ゆうしゅう）

9．日本で生活して＿＿＿＿＿上で大切なことは、日本人の考え方を知ることだ。（いく）

10．実物を＿＿＿＿＿上で買うかどうか決めるつもりだ。（見る）

11. 約束＿＿＿＿＿＿＿以上、その約束は守るべきだ。（する）

12. 志望理由書を＿＿＿＿＿＿＿上で大切なことは、具体的に書くということだ。（書く）

13. この野菜はビタミンが＿＿＿＿＿＿＿ばかりか、がんを予防する働きもする。（ほうふ）

14. この数年、生活は苦しく＿＿＿＿＿＿＿ばかりだ。（なる）

15. うちの子は＿＿＿＿＿＿＿ばかりいて、ぜんぜん勉強しない。（遊ぶ）

Ⅲ （　　　　）に「こと」か「もの」を入れなさい。

1. 親に対してそんな態度をとる（　　　　　　　）ではない。

2. 意外な（　　　　　　　）に、運動の苦手な私がボーリング大会で3位になった。

3. 若いころはよく山登りをした（　　　　　　　）だ。

4. 月日がたつのは本当に早い（　　　　　　　）だ。

5. 学校の机の中にものを入れたまま帰らない（　　　　　　　）。

6. 夫は毎年忘れる（　　　　　　　）なく、結婚記念日に花を贈ってくれる。

7. 同じアパートの人と会ったら、あいさつぐらいする（　　　　　　　）だ。

8. いつも遅刻する彼女の（　　　　　　　）だから、今日も遅れて来るだろう。

9. 負ける（　　　　　　　）か！　今度は絶対勝つぞ。

10. 偉い人とは知らなかった（　　　　　　　）で、友だちのように話してしまった。

11. 子どもを本好きにさせたいなら、まず親が本を読んでいる姿を見せる（　　　　　　　）だ。

12. ふだん健康な（　　　　　　　）だから、つい過信して無理をしてしまった。

13. 政治家は国民の（　　　　　　　）を第一に考えてほしい（　　　　　　　）だ。

14. 何とかしてアメリカに留学できない（　　　　　　　）か、今、方法を考えている。

Ⅳ （　　　　）に入るものとして、最も適当なものを一つ選びなさい。

d 1. たばこは体に悪いとわかってはいる（ d ）、なかなかやめられない。
   a．ものか　　　　　　b．ものだ　　　　　　c．もので　　　　　d．ものの

b 2. 早く一人前になって親を安心させたい（ b ）。
   a．ものか　　　　　　b．ものだ　　　　　　c．もので　　　　　　d．ものの

d 3. この仕事はめんどうな（ d ）時間もかかるので、だれもやりたがらない。
   a．ことに　　　　　　b．ところに　　　　　c．うちに　　　　　d．うえに

a 4. 時間に正確な鈴木さんのこと（ a ）、もうすぐ来るでしょう。
   a．だから　　　　　　b．なのに　　　　　　c．もので　　　　　d．だとしても

b 5. あなたは就職先を選ぶ（ b ）、何が最も大切だと思っていますか。
   a．うえに　　　　　　b．うえで　　　　　　c．ところに　　　　　d．ところが

23

6. 父が急に「今日はレストランへ行って食事をしよう」などと言い出した（　　　　　）、みんな驚いてしまった。

    a．ことだから　　　b．ものだから　　　c．ようだから　　　d．わけだから

7. 犬やネコなどのペットを飼う（　　　　）は、責任を持って世話してほしい。

    a．以上　　　　　b．くらい　　　　c．こと　　　　d．ところ

8. その人は道を教えてくれた（　　　　）、そこまで案内してくれた。

    a．ばかりで　　　b．ところへ　　　c．ばかりか　　　d．ところが

V　後に続くものとして、最も適当なものを一つ選びなさい。

1. まじめな高橋さんのことだから、仕事もきちんと（　　　　）。

    a．やるつもりだ

    b．やるにちがいない

    c．やるわけがない

    d．やるおそれがある

2. 会社をやめたいとは思うものの、（　　　　）。

    a．今、資料を集めているところだ

    b．よく考えて決めたほうがいい

    c．技術を身につけておかなければならないと思う

    d．今後のことを考えると、なかなか決心できない

3. プロ野球選手になると決めた以上、（　　　　）。

    a．最後までよくがんばった

    b．なれるかどうか大変不安だ

    c．何があってもあきらめないでほしい

    d．親に反対されたらどうしよう

4. 私のミスが原因で、上司に迷惑をかけたばかりか、（　　　　）。

    a．会社にも損害を与えた

    b．もう出世は無理だろう

    c．社長に怒られないわけがない

    d．だれにも会いたくない気分だ

復習 〜まで

(手寫) 近住（ちか、づく）＝靠近/臨近（自）（V₁）.

1 火が完全に消える<u>まで</u>、近づかないように注意すること。

2 「次のミーティング<u>までに</u>、この資料を読んでおいてください」

(手寫) △ 近づく ＝（V₁）（自）＝靠近.

1　在火沒有完全熄滅前，注意不要靠近。
2　「在下個會議前，請事先閱讀這些資料。」

13　〜まで

意味 ①〜だけでなく…も：不但〜還……

接続 名詞／名詞＋に

(手寫) ↑逐漸　　　↑不

1 午後になって風はますます強くなり、夕方には雪<u>まで</u>降り出した。

2 この薬は飲んでも効果がないばかりか、深刻な副作用<u>まで</u>出るそうだ。

3 親友に<u>まで</u>裏切られた。もうだれも信じられない。

4 50歳になってやっと、夢に<u>まで</u>見たパリに行くことができた。

1　到了下午風越來越大，傍晚還下起了雪。
2　這種藥吃了不但沒有效果，據說還會產生嚴重的副作用。
3　連好友都背叛了我。再也不能相信任何人了。
4　到了50歲，終於去了連作夢都會夢到的巴黎。

意味 ②ふつう考えられる範囲を超えることをして〜する（<u>否定的</u>な意味で使う）：做〜超過正常思維範圍的事情（用於否定的意思）

接続 動詞のテ形／名詞（まで）する

1 新しいテレビがほしいが、借金して<u>まで</u>買おうとは思わない。

2 「あなたは、禁止されている薬物に頼って<u>まで</u>優勝したいのですか」

3 登山は私の趣味だが、家族に心配をかけて<u>まで</u>するつもりはない。

4 あのコンサートにはがっかりした。学校をさぼって<u>まで</u>見に行ったのに。

5 最近は就職活動のために、美容整形<u>まで</u>する若者もいるそうだ。

1　雖然想要新的電視機，但是還不到想借錢去買的地步。
2　「你想贏到就算靠禁藥也要獲勝嗎？」
3　登山是我的愛好，但還沒有喜歡到就算讓家人擔心也要去的地步。
4　那場演唱會真令人失望。虧我還翹了課去看。
5　聽說最近為了找工作，有的年輕人甚至去做美容整形。

1 この問題は易<small>やさ</small>しいから、小学生<u>でも</u>できるでしょう。

2 「のどがかわきましたね。冷たいジュース<u>でも</u>飲みませんか」

1 這個問題太容易了，連小學生都會吧。
2 「口渴了。喝點冰鎮果汁吧。」

14 ～でも

意味 ふつう考えられる範囲<small>はんい</small>を超<small>こ</small>えることをして→ 強い希望<small>きぼう</small>／意志<small>いし</small>、命令<small>めいれい</small>：做超過正常思維範圍的事情→強烈希望／意志、命令

接続 動詞のテ形

1 どうしてもこの絵がほしい。借金<small>しゃっきん</small>して<u>でも</u>買いたい。

2 多少無理<small>たしょうむり</small>をして<u>でも</u>この取引<small>とりひき</small>を成功<small>せいこう</small>させたい。

3 法律<small>ほうりつ</small>に反<small>はん</small>することをして<u>でも</u>金儲<small>かねもう</small>けをしよう、という考えには賛成<small>さんせい</small>できない。

4 この仕事は徹夜<small>てつや</small>して<u>でも</u>完成<small>かんせい</small>させろと、上司<small>じょうし</small>に命<small>めい</small>じられた。

1 無論如何也想得到這幅畫。就算借錢也想買它。
2 就算多少有些勉強，還是想做成這筆生意。
3 不能贊成就算做違反法律的事也要賺錢的想法。
4 上司下達了命令，即使通宵也要完成這項工作。

15 ～ながら（も）

意味 ～けれども（逆接）：雖然～但是～（逆接）

接続 名詞／動詞の【マス形・ナイ形】／【イ形容詞・ナ形容詞】の【辞書形・ナイ形】／副詞／【名詞・ナ形容詞】＋である　ただし、イ形容詞に続くことはあまりない

🎧 **1** 子どもたちは文句を言いながらも、後片付けを手伝ってくれた。

🎧 **2** 残念ながら曇っていて、初日の出は見られなかった。

3 「私はもう10年も東京に住んでいながら、まだ一度も東京タワーに行ったことがないんです」

4 事情はよくわからないながら、何とかして助けてあげたいと思った。

5 この車は小型ながら乗り心地がいい。

6 警察官でありながら飲酒運転をするとは許せない。

7 A氏は若いながらも古い習慣をよく知っている。

8 初めて作った料理だが、我ながらおいしくできた。

9 何度も練習しているのに、一向に上手にならない。我ながら情けない。

10 ・当然のことながら　・いやいやながら
　　・狭いながらも楽しい我が家　・細々ながら

1　孩子們雖然發牢騷，但還是幫忙收拾。
2　很遺憾，由於陰天沒能看到元旦的日出。
3　「我雖然已經在東京住了10年，可是還沒有去過東京鐵塔。」
4　雖然不太瞭解情況，但是我想想辦法幫助他。
5　這輛車雖然小，但是坐起來感覺很舒服。
6　雖然是員警，但是不允許酒駕。
7　A先生雖然年輕，但是很瞭解舊式風俗習慣。
8　雖然是第一次做飯，但是連自己都認為很好吃。
9　雖然練習了很多次，但是一點兒都沒有變好。連自己都覺得可恥。
10　・理所當然　・不情不願
　　・我的家雖然狹小卻很和樂　・勉強

16 〜さえ…ば／たら

意味 それだけで→ 後ろのことが成立する：只要（沒）有〜→後項就成立

接続 名詞（さえ）【動詞・イ形容詞・ナ形容詞】の仮定形（ば／たら）／動詞の【マス形（さえ）すれ（ば）・テ形（さえ）いれ（ば）】／【名詞＋で・イ形容詞＋く・ナ形容詞＋で】（さえ）あれ（ば）

1 あとは肉さえ焼けば、夕食の準備は終わりだ。

2 あの子はひまさえあればいつも本を読んでいる。

3 天気さえ良かったら、山頂まで行きたかったのだが……。

4 この国では、まじめに働きさえすれば生活に困ることはない。

5 あなたと私が黙ってさえいれば（／黙っていさえすれば）、このことはだれにもわからないだろう。

6 道が込んでさえいなければ10分ぐらいで着くだろう。

7 「あまり辛くさえなければ何でもいただきます」

8 「体が丈夫でさえあれば、もっと働きたいのですが」

9 このコンテストは、20歳以上でさえあればだれでも参加できる。

1 接下來只要烤肉，晚飯的準備就完成了。
2 那個孩子只要有時間，總是在看書。
3 本來天氣好的話，是想到山頂的，但是……
4 在這個國家，只要認真工作生活就不會困難。
5 只要你和我都不說，這件事情就誰也不會知道吧。
6 只要道路暢通，10分鐘左右就能到達吧。
7 「只要不太辣什麼都可以吃。」
8 「身體健康的話，我想更加努力工作，但是……」
9 這個比賽只要20歲以上就可以參加。

17 〜を…として

意味 〜を…にする／と考える／と決める：把〜作為……／來考慮／來決定

接続 名詞（を）名詞（として）

1 今年1年、大学合格を目標としてがんばるつもりだ。

2 大学で異文化交流を目的としたサークルを作った。

3 この奨学金は留学生を対象としたものです。

4 山田氏を団長とする訪米団が結成された。

5 次の世代のために、一人一人が環境問題を自分の問題としてとらえる必要がある。

1　今年１年，打算把考上大學作為目標來努力。
2　在大學創建了以異文化交流為目的社團。
3　這個獎學金是為留學生而創立的。
4　組成了以山田先生為團長的訪美團。
5　為了下一代，每個人都有必要把環境問題當做自己的問題來考慮。

18　～に応じ（て）

意味 変化、多様性に合わせて：適應變化、多樣性

接続 名詞

1　本校では学生のレベルに応じてクラス分けを行います。
2　学習目的の多様化に応じ、教授法や教材にも工夫が求められる。
3　非常時には、状況に応じて柔軟に対処することが必要だ。
4　最近は電気製品もカラフルになり、好みに応じて色が選べる。
5　当ホテルでは、お客様一人一人のニーズに応じたサービスを提供いたします。

1　本校按照學生的水準進行分班。
2　適應學習目的的多樣化，也需要在教學法和教材上動腦筋。
3　緊急時，需要根據情況靈活處理。
4　最近電器產品變得色彩鮮豔，可以根據喜好來選取顏色。
5　本飯店根據每個客人的需要提供服務。

応じる

意味 他からの働きかけに対してこたえる：對於來自其他方面的影響的回應

1　ボランティアの募集に多くの若者が応じた。
2　注文が殺到し、応じきれなくなった。

1　許多年輕人響應義工招募。
2　訂單蜂擁而至，來不及因應。

19　～に沿って／沿い

意味 基準になるもの、相手の希望 等から離れないようにする：不能脫離成為基準的事物，不能脫離對方的希望等

接続 名詞

1　線路に沿って５分ほど歩くと、右側に公園があります。
2　受験まであと３カ月だ。この計画に沿って勉強しよう。
3　Ａ高校は個性尊重という教育方針に沿い、受験でも面接を重視している。
4　当旅行社では多くのプランの中から、お客様のご希望に沿ったツアーをお選び

いただけます。

1 沿著軌道步行５分鐘左右，右側有公園。
2 離考試還剩下３個月。按照這個計畫學習吧。
3 Ａ高中按照尊重個性的教育方針，即使考試也重視面試。
4 從本旅行社眾多的方案當中，能夠選擇出符合顧客所希望的旅行路線。

沿う

1 「ご期待に<u>沿えなくて</u>申し訳ありません」

2 海<u>沿い</u>の道にはしゃれたレストランが並んでいた。

1 「非常對不起，辜負了您的期望。」
2 沿海的道路上林立著獨具風味的餐廳。

---

20 ～をめぐって／めぐり

意味 ～を話題の中心として、さまざまな意見、問題 等がある：以～作為話題的中心，有各種各樣的意見、問題等

接続 名詞

1 首相の発言<u>をめぐって</u>与野党の意見が対立し、審議がストップした。

2 多発する少年犯罪<u>をめぐり</u>、さまざまな意見が出されている。

3 この小説は父親の遺産<u>をめぐる</u>兄弟の争いを描いたものだ。

4 歌手Ａの離婚<u>をめぐって</u>は、いろいろなうわさが流れている。

1 圍繞著首相的發言，執政黨和在野黨的意見相對立，審議終止了。
2 圍繞著頻繁的少年犯罪，提出了各種各樣的意見。
3 這部小說描寫了圍繞著父親的遺產產生的兄弟間的爭奪。
4 圍繞著歌手Ａ的離婚，流傳著各種各樣的八卦。

めぐる

意味 まわりを回る、あちこち回る、回って戻ってくる：環繞、巡遊、循環

・池を<u>巡る</u>道　　・美術館を<u>巡る</u>ツアー　　・季節が<u>巡る</u>
・心臓から出た血液は全身<u>をめぐって</u>、再び心臓に戻ってくる。

・環繞著池塘的道路　・美術館巡遊旅行　・季節輪轉
・從心臟出來的血液在全身循環後，再返回到心臟。

21 ～といった

意味 たとえば（例）：例如、比如

接続 名詞

1 今年の夏は青やオレンジ<u>といった</u>、鮮やかな色（いろ）が流行（りゅうこう）している。

2 この学生寮（りょう）にはベトナムやインドネシア<u>といった</u>、東南（とうなん）アジアからの学生が大勢（おおぜい）住んでいる。

3 この奨学金（しょうがくきん）を申請（しんせい）するためには、成績証明書（せいせきしょうめいしょ）や教授（きょうじゅ）の推薦書（すいせんしょ）<u>といった</u>書類（しょるい）が必要だ。

4 オーストラリアにはコアラやカンガルー<u>といった</u>、珍（めずら）しい動物がたくさんいる。

1　今年夏天流行藍色、橙色這樣鮮豔的顏色。
2　這個學生宿舍裡住著很多越南、印尼這樣從東南亞來的學生。
3　申請這個獎學金，需要成績證明、教授的推薦信等書面文件。
4　澳大利亞有很多像無尾熊、袋鼠這樣的珍貴動物。

22 ～てしようがない（しょうがない）／しかたがない

意味 とても～だ（コントロール不能（ふのう））　主語（しゅご）は基本的（きほんてき）には一人称（いちにんしょう）：非常～（不能控制）主語基本上是第一人稱

接続 【動詞・イ形容詞・ナ形容詞】のテ形

1 定年退職（ていねんたいしょく）した父は、「毎日ひま<u>でしようがない</u>」と言っている。

2 試験の間じゅう、教室内（ない）を歩き回（まわ）る先生の足音（あしおと）が気になっ<u>てしようがなかった</u>。

3 最近寝不足（ねぶそく）で、眠（ねむ）く<u>てしかたがない</u>。

4 花粉症（かふんしょう）にかかったらしく、涙（なみだ）が出<u>てしかたがない</u>。

5 ほしく<u>てしかたのなかった</u>カメラをやっと手に入れた。

6 祖母（そぼ）は孫（まご）がかわいく<u>てしようがない</u>様子（ようす）だ。

1　退休了的父親總是說「每天閒得要命」。
2　考試當中，老師在教室內來回踱步的腳步聲令我非常在意。
3　最近睡眠不足，睏得不得了。
4　好像得了花粉症，眼淚流不停。
5　非常想要的照相機終於到手了。
6　奶奶看起來非常疼愛孫子。

23 ～ぬき（で／に 等）／（を）ぬきにして

意味 ～を除いて／入れないで：省去～，除了～

接続 名詞

🎧 **1** 朝食ぬきは体に悪い。

2 あの映画は理屈ぬきに面白い。

3 お世辞ぬきの批評が聞きたい。

4 このビルが地震で倒れたのは、手抜き工事のせいだ。

🎧 **5** 「冗談はぬきにして、本当のことを教えてください」

6 「忘年会では仕事の話はぬきにしましょう」

7 夏目漱石を抜きにして近代文学を語ることはできない。

8 財政問題を抜きにした議論など無意味だ。

1 不吃早餐對身體不好。
2 那部電影不用任何理由，就是好看。
3 想聽到不是奉承的批評。
4 那棟大樓在地震中倒塌了的原因是偷工減料。
5 「別開玩笑，請告訴我事實。」
6 「尾牙上我們別談工作的事情吧。」
7 不提到夏目漱石就不能談近代文學。
8 不談財政問題討論就毫無意義。

抜く

1 ・歯（／毛／草）を抜く。　・ワインの栓を抜く。

2 ・袋の中の空気を抜く。　・力を抜く。

3 朝食を抜く。

4 仕事の手を抜く。

1 ・拔牙（／毛／草）。　・打開葡萄酒的瓶塞。
2 ・放掉袋子中的空氣。　・放鬆。
3 ・不吃早飯。
4 ・工作偷懶。

13　・＿＿＿＿＿＿＿＿＿＿＿＿＿＿裏切られた。もうだれも信じられない。

　　　・新しいテレビがほしいが、＿＿＿＿＿＿＿＿＿＿＿＿＿＿買おうとは思わない。

14　・多少＿＿＿＿＿＿＿＿＿＿＿＿＿＿この取引を成功させたい。

15　・子どもたちは文句を＿＿＿＿＿＿＿＿＿＿＿＿＿＿、後片付けを手伝ってくれた。

　　　・＿＿＿＿＿＿＿＿＿＿＿＿＿＿曇っていて、初日の出は見られなかった。

16　・あの子は＿＿＿＿＿＿＿＿＿＿＿＿＿＿いつも本を読んでいる。

17　・今年1年、大学合格＿＿＿＿＿＿＿＿＿＿＿＿＿＿がんばるつもりだ。

18　・本校では学生の＿＿＿＿＿＿＿＿＿＿＿＿＿＿クラス分けを行います。

19　・受験まであと3カ月だ。この＿＿＿＿＿＿＿＿＿＿＿＿＿＿勉強しよう。

20　・首相の＿＿＿＿＿＿＿＿＿＿＿＿＿＿与野党の意見が対立し、審議がストップした。

21　・今年の夏は青＿＿＿＿＿＿オレンジ＿＿＿＿＿＿＿＿、鮮やかな色が流行している。

22　・最近寝不足で、＿＿＿＿＿＿＿＿＿＿＿＿＿＿＿＿。

23　・＿＿＿＿＿＿＿＿＿＿＿＿＿は体に悪い。

　　　・「冗談は＿＿＿＿＿＿＿＿＿＿＿＿、本当のことを教えてください」

I （　　　）にひらがなを１字ずつ書きなさい。

1．午後になって風はますます強くなり、夕方には雪（　　）（　　）降り出した。

2．この問題は易しいから、小学生（　　）（　　）できるでしょう。

3．あの子はひま（　　）（　　）あれ（　　）いつも本を読んでいる。

4．多発する少年犯罪（　　）めぐって、さまざまな意見が出されている。

5．今年１年、大学合格（　　）目標としてがんばるつもりだ。

6．財政問題（　　）ぬき（　　）した議論など無意味だ。

7．本校では学生のレベル（　　）応じてクラス分けを行います。

8．最近、毎日ひまでしよう（　　）ない。

9．線路（　　）沿って５分ほど歩くと、右側に公園があります。

10．今年の夏は青やオレンジ（　　）いった、鮮やかな色が流行している。

11．残念（　　）（　　）（　　）くもっていて、初日の出は見られなかった。

II （　　　　）に入る言葉を次の中から選び、必要なら形を変えて書きなさい。

| として　　　において　　　に応じて　　　に沿って　　　に対して |
| にとって　　　にともなって　　　にもとづいて　　　をめぐって |

1．百万円は私（　　　　　　　　　）は大金だ。

2．大地震発生（　　　　　　　　　）被害を予測した。

3．我が社の車は安全性（　　　　　　　　　）はどこにも負けません。

4．このサークルは日本人学生と留学生の交流を目的（　　　　　　　　　）作られた。

5．データ（　　　　　　　　）仮説を立ててみた。

6．私は厳しい父（　　　　　　　　）、いつも反抗的な態度を取った。

7．法律改正（　　　　　　　　）、与野党が激しく対立している。

8．この計画（　　　　　　　　）作業を進めれば、１カ月以内に完成するはずだ。

9．トラブルがあった場合は、状況（　　　　　　　　）柔軟に対処してください。

10．私の専門は 20 世紀前半（　　　　　　　　）イギリス文学です。

11．大学は新入生（　　　　　　　　）アンケート調査を行った。

12．公共料金の値上げ（　　　　　　　　）物価が上昇した。

13．面接に行ったら、交通費（　　　　　　　　）1,000 円くれた。

14．この施設では、一人一人のニーズ（　　　　　　　　）サービスが受けられる。

Ⅲ（　　　）の言葉を適当な形にして＿＿＿＿に書きなさい。

1．新しいテレビがほしいが、借金＿＿＿＿＿＿＿＿まで買おうとは思わない。（する）

2．子どもたちは文句を＿＿＿＿＿＿＿＿ながらも手伝ってくれた。（言う）

3．道が＿＿＿＿＿＿＿＿さえいなければ10分ぐらいで着くだろう。（込む）

4．歌手Ａの離婚を＿＿＿＿＿＿＿＿は、いろいろなうわさが流れている。（めぐる）

5．お客様のご希望に＿＿＿＿＿＿＿＿プランをお選びください。（沿う）

6．多少無理を＿＿＿＿＿＿＿＿でも、この取引を成功させたい。（する）

7．彼は＿＿＿＿＿＿＿＿ながらも古い習慣をよく知っている。（若い）

8．この国ではまじめに＿＿＿＿＿＿＿＿さえすれば生活に困ることはない。（働く）

9．最近寝不足で、＿＿＿＿＿＿＿＿しかたがない。（ねむい）

10．「冗談は＿＿＿＿＿＿＿＿にして、本当のことを教えてください」（ぬく）

Ⅳ（　　　）に入るものとして、最も適当なものを一つ選びなさい。

1．最後の問題でミス（　　　）しなければ満点が取れたのに、悔しい。
　　a．だけ　　　　　　b．さえ　　　　　　c．ばかり　　　　　d．しか

2．国境線上の領土（　　　）、二国間で何度も紛争が起こっている。
　　a．にもとづいて　　b．を通じて　　　c．にしたがって　　d．をめぐって

3．体に悪いと知りながら、たばこが（　　　）人はまだ多い。
　　a．やめたい　　　b．やめている　　c．やめられる　　d．やめられない

4．「堅苦しいあいさつ（　　　）、まずは乾杯しましょう」
　　a．はぬきにして　　b．をこめて　　　c．に代わって　　d．とともに

5．このジュースにはカルシウムや鉄分（　　　）、女性に不足しがちな栄養素が含まれている。
　　a．ような　　　　b．なんて　　　c．といった　　　d．として

6．ヨーロッパでは外国人を標的（　　　）テロ事件が増えているという。
　　a．に対する　　　b．になった　　　c．とした　　　d．とおりの

7．最近パソコンを使うことが多いせいか、肩がこって（　　　　）。

　　a．ちがいない　　　b．しかたがない　　c．よりほかない　　d．わけではない

8．夢に（　　　　）見たパリへ来ることができ、うれしくてたまらない。

　　a．でも　　　　　　b．だけ　　　　　　c．まで　　　　　　d．しか

9．同じかぜ薬でもいろいろな種類があるので、症状に（　　　　）選ぶことが大切だ。

　　a．応じて　　　　　b．ついでに　　　　c．ひかくして　　　d．かえて

10．チケットのご予約は、音声案内に（　　　　）手続きを行ってください。

　　a．もとに　　　　　b．応じて　　　　　c．つれて　　　　　d．沿って

11．「熱があるのだから、無理をしちゃだめだよ」

　　「いや、今日のコンサートには這って（　　　　）行かなくちゃ」

　　a．でも　　　　　　b．さえ　　　　　　c．まで　　　　　　d．しか

V　後に続くものとして、最も適当なものを一つ選びなさい。

1．健康でさえあれば（　　　　）。

　　a．働けなかったんです

　　b．働くことはむずかしい

　　c．もっと働かないと

　　d．もっと働くんですが

2．彼女は今日の会議のことを知っていながら（　　　　）。

　　a．教えてくれなかった

　　b．すぐに連絡してくれた

　　c．来ないだろう

　　d．必ず来るはずだ

3．近年、日本では製造業の現場で多くの外国人が働いている。今ではこのような外国人労働者をぬきにしては（　　　　）。

　　a．今後もますます必要になるだろう

　　b．日本の製造業は成り立たないという

　　c．車や家電製品がより多く生産されるようになった

　　d．深刻な問題が起こったかもしれない

24 〜に相違ない

意味 きっと〜だと思う（強い確信）（書き言葉）＝〜に違いない（N3）：一定是〜（強烈的確信）（書面語）＝〜に違いない

接続 名詞／【動詞・イ形容詞・ナ形容詞】の普通体　ただし、ナ形容詞現在形に「だ」はつかない

1 これだけの証拠がある以上、犯人はあの男に相違ないと思われる。
2 双方が譲歩しなければ、交渉は決裂するに相違ない。
3 今の状況が続けば今年度の収支は赤字になるに相違なく、何らかの対策を立てる必要があります。
＊ 「これは私のものに相違（／違い）ありません」

1 憑這些證據，罪犯一定是那個男子。
2 雙方都不讓步的話，談判一定會破裂的。
3 如果現在的情況持續下去，本年度的收支一定會變成赤字，有必要制定一些對策。
＊ 「這個一定是我的東西。」

25 〜得る

意味 〜することができる、可能性がある：能做〜，有可能性

接続 動詞のマス形

1 この不況では大手企業の倒産もあり得る。
2 あの真面目な彼が犯人⁉　そんなことはあり得ない。
3 株価がこれほど急激に下がるとは予想し得ず、大損してしまった。
4 考え得る方法はすべて試してみたが、うまくいかなかった。

1 在經濟蕭條中大型企業也可能倒閉。
2 那麼老實的他是罪犯？！那是不可能的事情。
3 沒能預想到股票價格這樣地急劇下滑，損失慘重。
4 能想到的辦法都試過了，還是不行。

＊やむを得ない

意味 しかたがない：不得已

🎧 **1** 熱が39度もあるのでは、欠席もやむを得ない。

2 事故で入院してしまったので、やむを得ず仕事を後輩に頼んだ。

3 やむを得ぬ理由で家賃の支払いが遅れてしまった。

1 因為發燒到39度，不得已缺席。
2 因為事故住院了，所以不得已把工作託付給下屬。
3 因為不得已的理由，房租遲交了。

---

26 〜がたい

意味 〜するのが難しい、とても〜できない：做〜困難，簡直無法做到

接続 動詞のマス形

🎧 **1** 彼女のような正直な人がうそをつくとは信じがたい。

2 古くなっても、このかばんには愛着があって捨てがたい。

3 耐え難い痛みの中で、救急車の到着を待った。

4 息子は留学という得難い経験をして、一回り成長したようだ。

5 ・優劣つけがたい　・近寄りがたい

1 很難相信她那樣正直的人會說謊。
2 雖然舊了，但是對這個提包還很留戀難以丟棄。
3 在難以忍耐的疼痛中，等待救護車的到達。
4 兒子經過留學這個難得的經驗，好像成長了不少。
5 ・難分優劣　・難以靠近

27　〜一方（で）

意味 〜と同時に別の面では（対比）：一方面〜另一方面〜（對比）

接続 名詞＋の／動詞の辞書形

🎧 1　あの先生は厳しく指導する<u>一方で</u>、学生の相談にもよくのってくれる。

　　2　高度経済成長は急速な発展の<u>一方で</u>、深刻な公害問題を引き起こした。

　　3　Ａ国は軍縮を進める<u>一方</u>、核実験を続けている。

　＊　・Ａ国は<u>一方では</u>軍縮を進めながら、<u>他方では</u>核実験を続けている。

　　　・西日本では大雨による被害が出ている。<u>一方</u>、東日本は水不足で困っている。

1　那個老師指導很嚴厲，但另一方面，又經常給學生提出建議。
2　高度經濟成長在急速發展的反面，又引起了嚴重的公害問題。
3　Ａ國推動裁軍，卻又在持續進行核子試驗。
＊　・Ａ國一方面推動裁軍，但是另一方面卻又在持續進行核子試驗。
　　・西日本遭受了由大雨造成的災害。另一方面，東日本正為雨水量不足而困擾。

28　〜につき

接続 名詞

意味 ①〜という理由で（書き言葉）：因為〜（書面語）

🎧 1　出入り口<u>につき</u>、駐車禁止。（看板）

　　2　本日は定休日<u>につき</u>、休ませていただきます。（張り紙）

　　3　残高不足<u>につき</u>、引き落としできません。（銀行からのお知らせ）

1　因為是進出口，禁止停車。（牌子）
2　因為今天是休息日，不營業。（告示）
3　因為餘額不足，所以不能匯款。（銀行通知）

意味 ②割合：比例

　　1　手数料は書類１通<u>につき</u>300円です。

　　2　駅前の駐車場は１時間<u>につき</u>500円かかる。

🎧 3　この図書館では１回<u>につき</u>5冊まで本が借りられる。

　　4　このポイントカードは、300円<u>につき</u>1個、スタンプを押させていただきます。

1　手續費每份資料 300 日圓。
2　站前停車場每小時 500 日圓。
3　這家圖書館每次能借 5 本書。
4　這個積分卡每 300 日圓，蓋一個戳章。

29 ～やら…やら

意味 ～や…など、～たり…たり：例舉

接続 名詞（やら）名詞（やら）／【動詞・イ形容詞】の辞書形（やら）【動詞・イ形容詞】の辞書形（やら）

🎧 **1** 願書を出すときは、証明書（しょうめいしょ）を集めるやら書類（しょるい）に書（か）き込（こ）むやらで大変だった。

2 10年ぶりにうちのチームが優勝（ゆうしょう）した。歌うやら踊（おど）るやら、大騒（おおさわ）ぎだった。

3 恋人（こいびと）と別れた。悲しいやら寂（さび）しいやらで涙（なみだ）が止まらない。

4 彼の部屋（へや）は汚（よご）れた皿（さら）やら古新聞（ふるしんぶん）やらが散（ち）らかっていて、とても汚（きたな）い。

1 提交申請書時，湊齊證明書啦填寫資料啦真夠受的。
2 時隔10年，我們隊伍獲勝了。又唱又跳的，狂歡大鬧。
3 和情人分手了。因悲傷、寂寞而淚流不止。
4 他的房間裡，髒盤子啦、舊報紙啦散落一地，髒死了。

30 ～の／ものやら

意味 ～か（どうか）わからない：不知是～

接続 【動詞・イ形容詞】の普通体／【名詞・ナ形容詞】＋な

1 リさんは授業（じゅぎょう）がわかっているのやらいないのやら、無表情（むひょうじょう）なのでわからない。

2 最近は、男なのやら女なのやらわからないかっこうの若者（わかもの）がいる。

3 コートに洗濯物（せんたくもの）の札（ふだ）がついている。本人（ほんにん）に言っていいものやら悪いものやら。

🎧 **4** 子どもが帰ってこない。どこで何をしているのやら。

5 「あれ、めがねがない。どこに置いたものやら」

＊ ・いつのことやら　・何のことやら

1 不知小李對上課內容理解還是不理解，面無表情的。
2 最近，有些年輕人打扮得不男不女的。
3 大衣上有洗衣標籤。該不該對本人說呢。
4 孩子還沒回來。不知在哪做什麼。
5 「咦，眼鏡不見了。不知放到哪裡了。」
＊ ・不知是什麼時候的事　・不知是什麼事

31　〜だの…だの

意味　〜や…など、〜とか…とか：〜和……等、〜啦……啦

接続　名詞（だの）名詞（だの）／【動詞・イ形容詞・ナ形容詞】の普通体（だの）【動詞・イ形容詞・ナ形容詞】の普通体（だの）　ただし、ナ形容詞現在形に「だ」はつかない

1　私の部屋には漫画だの服だのが散らかっていて、寝る場所さえないほどだ。

2　彼女の話はいつも給料が少ないだの、仕事が忙しすぎるだの、文句ばかりだ。

3　彼はいつもスターになるだの映画を撮るだのと、夢のようなことばかり言っている。

4　うちの親は毎日のように勉強しろだの、無駄づかいするなだの、うるさくて嫌になる。

1　我的房間裡漫畫啦、衣服啦到處散落，甚至連睡覺的地方都沒有。
2　她的話題總是工資少啦、工作太忙啦，滿腹牢騷。
3　他總是說要成為明星啦、拍電影啦這樣的夢話。
4　我的父母每天都嘮叨要好好學習啦、別亂花錢啦，煩死了。

32　〜にこたえ（て）

意味　相手からの希望、要求　等に応じて：回應對方的希望、要求等

接続　名詞

1　選手たちは会場の声援にこたえて手を振った／大活躍した。

2　学校は学生の要望にこたえ、図書室の利用時間を延長した。

3　今日の晩ご飯は、子どもたちのリクエストに応えてハンバーグにした。

1　運動員們響應會場的吶喊助威揮手示意／大顯身手。
2　學校回應學生的要求，延長了圖書室的利用時間。
3　今天的晚餐應孩子們的要求做了漢堡肉。

こたえる

1　私は成績が悪く、親の期待に応えることができなかった。

1　我的成績不好，辜負了父母的期待。

33 ～にしては

意味 ～のわりには、ふつう予想されるのとは違って：以～來說，和平常的預想不同

接続 名詞／動詞の普通体

🎧 **1** 父は50歳にしては若く見える。

2 「彼女、バレーボールの選手なんだって」「それにしては背が低いね」

3 2年もアメリカに住んでいたにしては、彼女は英語が下手だ。

4 「掃除をしたばかりにしては汚れが目立ちますね。やり直したほうがいいですよ」

1 爸爸以50歲來說看起來很年輕。
2 「她是排球運動員吧。」「以排球運動員來說算矮。」
3 以在美國住了2年來說,她的英語很差。
4 「以剛打掃過的標準來說,污垢還是很顯眼。最好重新打掃比較好。」

---

34 ～のもとで／に

意味 条件、指導、支配　等の下で：在條件、指導、支配等下

接続 名詞

🎧 **1** 晴れた空のもとで運動会が盛大に行われた。

2 女の子は両親の温かい愛情のもとですくすくと育った。

3 選挙は国連の管理のもとで行われた。

4 「ぜひ鈴木先生の下で研究させていただきたいと思っております」

1 在晴朗的天空下舉行了盛大的運動會。
2 女孩在父母的溫情下茁壯成長。
3 選舉在聯合國的管理下進行。
4 「請務必讓我在鈴木老師的指導下進行研究。」

＊～の名のもとに

意味 ～を表面上の理由にして（ー）の行為が行われている：以～表面上的理由進行負面的行為

🎧 **1** 開発の名のもとに自然破壊が進み、さまざまな問題が生じている。

2 一部の学校では、教育の名のもとに体罰が行われているそうだ。

1 開發的名義下,自然破壞越加嚴重,產生了各種的問題。
2 據說一部分學校以教育的名義進行體罰。

35 ～は／ならともかく（として）

意味 ～は別にして：姑且不論～

接続 名詞

🎧 **1** このバッグは色はともかくデザインがしゃれている。

2 あのタレントは歌はともかく顔がかわいい。

3 実際にできるかどうかはともかくとして、その計画は面白い。

4 今日のテストは内容はともかく、量が多くて時間が足りなかった。

5 「小学生ならともかく、高校生のあなたがこんな漢字も読めないのですか」

＊ 結果はともあれ、最後までがんばることが大切だ。

1　姑且不論這個手提包的顏色，設計很別緻。
2　姑且不說歌聲，那個偶像長得很可愛。
3　姑且不論能不能成為現實，那個計畫很有意思。
4　姑且不說內容，今天考試的量多，時間不夠。
5　「如果是小學生就算了，你一個高中生居然這麼簡單的漢字都不會唸？」
＊　姑且不談結果，努力到最後是重要的。

36 ～も…ば／なら～も

意味 ～も…だし、～もまた…だ：既～又……

接続 名詞（も）【名詞・動詞・イ形容詞・ナ形容詞】の仮定形（ば／なら）名詞（も）

🎧 **1** 会場には独身者もいれば既婚者もいた。

2 あのレストランは味も良ければ雰囲気も良く、その上値段も手ごろだ。

3 彼はスポーツも得意ならピアノもプロ並みだ。

4 私は勉強も嫌いなら運動も苦手で、当然成績も悪かった。

5 うちにはクーラーもなければ電子レンジもありません。

＊ あの親は子どもが迷惑をかけていても注意しようとしない。まったく、親も親なら子も子だ。

1　在會場既有單身者也有已婚者。
2　那家餐廳不僅味道好氛圍也好，而且價格也合理。
3　他不僅體育優秀，鋼琴也同樣彈得很專業。
4　我既討厭學習又不擅長運動，成績當然不好。
5　我家既沒有空調也沒有微波爐。
＊　那對父母，即使孩子給他人添麻煩，也不提醒一下。真是有其父必有其子。

24 ・これだけの証拠がある以上、犯人はあの男＿＿＿＿＿＿＿＿＿と思われる。

25 ・この不況では大手企業の倒産も＿＿＿＿＿＿＿＿。

・熱が 39 度もあるのでは、欠席も＿＿＿＿＿＿＿＿＿。

26 ・彼女のような正直な人がうそをつくとは＿＿＿＿＿＿＿＿＿。

27 ・あの先生は厳しく指導する＿＿＿＿＿＿、学生の相談にもよくのってくれる。

28 ・出入り口＿＿＿＿＿＿、駐車禁止。

・この図書館では＿＿＿＿＿＿＿＿5 冊まで本が借りられる。

29 ・願書を出すときは、証明書を＿＿＿＿＿＿＿＿書類に＿＿＿＿＿＿で
大変だった。

30 ・子どもが帰ってこない。どこで何を＿＿＿＿＿＿＿＿＿＿。

31 ・彼女の話はいつも給料が＿＿＿＿＿＿＿、仕事が＿＿＿＿＿＿＿、
文句ばかりだ。

32 ・選手たちは会場の声援＿＿＿＿＿＿＿手を振った。

33 ・父は 50 歳＿＿＿＿＿＿若く見える。

34 ・晴れた＿＿＿＿＿＿＿運動会が盛大に行われた。

・開発＿＿＿＿＿＿自然破壊が進み、さまざまな問題が生じている。

35 ・このバッグは＿＿＿＿＿＿＿デザインがしゃれている。

36 ・会場には独身者＿＿＿＿＿＿既婚者＿＿＿＿いた。

I （　　）にひらがなを1字ずつ書きなさい。

1．犯人はあの男（　　）相違ないと思われる。

2．高度経済成長は急速な発展（　　）一方で、深刻な公害問題も引き起こした。

3．机の上にはノート（　　）（　　）資料（　　）（　　）がごちゃごちゃと置いてあった。

4．熱が39度もあるのでは、欠席もやむ（　　）得ない。

5．本日は定休日（　　）つき、休ませていただきます。

6．あのタレントは歌（　　）ともかく顔がかわいい。

7．女の子は両親の温かい愛情（　　）もと（　　）すくすくと育った。

8．選手たちは会場の声援（　　）こたえて手を振った。

9．父は50歳（　　）して（　　）若く見える。

10．子どもが7時になっても帰ってこない。
　　いったいどこまで遊びに行ったの（　　）（　　）。

11．会場には独身者（　　）いれ（　　）既婚者（　　）いた。

12．開発の名（　　）もと（　　）自然破壊が進み、さまざまな問題が生じている。

13．私は毎日のように勉強しろ（　　）（　　）家事を手伝え（　　）（　　）と、親から
　　うるさく言われている。

II （　　　）の言葉を適当な形にして＿＿＿＿に書きなさい。

1．彼女のような正直な人がうそをつくとは＿＿＿＿＿＿＿＿がたい。（信じる）

2．この不況では大手企業の倒産も＿＿＿＿＿＿＿＿得る。（ある）

3．パーティーではみんな、＿＿＿＿＿やら＿＿＿＿＿やら、大騒ぎだった。（歌う／踊る）

4．A国は軍縮を＿＿＿＿＿＿＿一方、核実験を続けている。（進める）

5．2年もアメリカに＿＿＿＿＿＿＿にしては、彼女は英語が下手だ。（住む）

6．今の状況が続けば、今年度の収支は赤字に＿＿＿＿＿＿＿に相違ない。（なる）

7．あのレストランは味も＿＿＿＿＿＿＿ば雰囲気も＿＿＿＿＿＿、その上値段も手ご
　　ろだ。（良い／良い）

8．事故で入院してしまったので、＿＿＿＿＿＿、仕事を後輩に頼んだ。（やむを得ない）

9．あの学生は＿＿＿＿＿＿だの雨が＿＿＿＿＿＿＿だのと言って、すぐに学校を
　　さぼりたがる。（寒い／降る）

Ⅲ （　　　）に入るものとして、最も適当なものを一つ選びなさい。

１．あしたは祝日に（　　　）、図書館は休みです。
　　ａ．せいで　　　　　ｂ．関し　　　　　ｃ．ために　　　　　ｄ．つき

２．彼はパリで、有名なコック（　　　）修業してきたそうだ。
　　ａ．とともに　　　ｂ．のもとで　　　ｃ．のおかげで　　　ｄ．にともなって

３．試合の結果（　　　）、みんな最後までよく戦った。
　　ａ．に応じて　　　ｂ．のもとに　　　ｃ．ながらも　　　ｄ．はともかく

４．彼の言ったことは、私には十分理解（　　　）ものであった。
　　ａ．する　　　　　ｂ．させる　　　　ｃ．しうる　　　　ｄ．しかける

５．利用者の要望（　　　）、図書館の利用時間が延長され、夜９時までとなった。
　　ａ．につれて　　　ｂ．にこたえて　　ｃ．のもとに　　　ｄ．とともに

６．学生課から紹介してもらったアパートは、都心（　　　）家賃が安かった。
　　ａ．にしては　　　ｂ．にしてから　　ｃ．にすると　　　ｄ．にするなら

７．うちにはクーラーも（　　　）電子レンジもありません。
　　ａ．ないと　　　　ｂ．なかったら　　ｃ．ないなら　　　ｄ．なければ

８．やれ肉が少ない（　　　）野菜が多すぎる（　　　）と、子どもたちは私が作った
　　料理に文句ばかり言う。
　　ａ．だの／だの　　ｂ．もの／もの　　ｃ．こと／こと　　ｄ．でも／でも

９．教育の名（　　　）子どもの人権が侵害されている場合がある。
　　ａ．のうえに　　　ｂ．のもとに　　　ｃ．とともに　　　ｄ．はもちろん

Ⅳ　後に続くものとして、最も適当なものを一つ選びなさい。

１．「半年前に習いはじめたばかりにしては（　　　）」
　　ａ．あいさつぐらいしかできません　　ｂ．もう新聞も読めるのです
　　ｃ．ずいぶんお上手ですね　　　　　　ｄ．いっしょうけんめいに勉強しています

２．中学生ならともかく（　　　）。
　　ａ．高校生でさえ解けないはずだ　　ｂ．小学生がこの問題を解いたとは驚きだ
　　ｃ．高校生でも解けたわけですね　　ｄ．小学生にもできないのですか

３．インターネットや携帯電話などコミュニケーションの手段は増えたはずだが、その一
　　方で（　　　）。
　　ａ．人間関係をうまくつくれない若者も増えているという
　　ｂ．ネットや携帯電話を使えない若者は少ないようだ
　　ｃ．いたずら電話などに多くの若者が困っているという
　　ｄ．うまく友だちをつくって学生生活を楽しんでいる若者も多い

Ⅰ（　　　）に助詞を書きなさい。（「から」のように２字入る場合もあります） ___
　（1×25）　　　　　　　　　　　　　　　　　　　　　　　　　　25

1．うれしいこと（　　　　　　）、スピーチ大会の代表に選ばれた。

2．うちにはクーラー（　　　　）なけれ（　　　　　　）車（　　　　　　）ない。

3．その人は親切に道を教えてくれたばかり（　　　　　　）、そこまで案内してくれた。

4．今日はくもっている上（　　　　　　）風が強いので、とても寒く感じられる。

5．あのタレントは歌（　　　　　　）ともかく顔がかわいい。

6．何とかして原田選手に勝てないもの（　　　　　　）、今、作戦を考えているところだ。

7．志望理由書を書く上（　　　　　　）大切なことは、具体的に書くということだ。

8．いじめ問題（　　　　　）めぐって、さまざまな意見が出されている。

9．本日は定休日（　　　　　）つき、休ませていただきます。

10．この仕事は、多少無理をして（　　　　　　）あしたまでに完成させるつもりだ。（× も）

11．非常時には、状況（　　　　　　）応じて柔軟に対処することが必要だ。

12．財政問題（　　　　　　）抜き（　　　　　　）した議論など無意味だ。

13．線路（　　　　　　）沿って５分ほど歩くと公園があります。

14．あの子はひま（　　　　　　）あれば本を読んでいる。（× が）

15．大学で異文化交流（　　　　　　）目的としたサークルを作った。

16．「大勢の方から推薦をいただいた上（　　　　　　　）、当選するために全力で戦う覚悟です」

17．彼の部屋には汚れた皿（　　　　　）古新聞（　　　　　　）が散らかっていて、とても汚い。

18．父は子どもがかわいくてしかた（　　　　　　）ない様子だ。

19．今の状況が続けば、今年度の収支は赤字になる（　　　　　　）相違ない。

20．新しいテレビがほしいが、借金して（　　　　　　）買おうとは思わない。

21．今日の晩ご飯は、子どもたちのリクエスト（　　　　　　）こたえてハンバーグにした。

22．彼女はバレーボールの選手（　　　　　　）しては背が低い。

23．女の子は両親の温かい愛情（　　　　　）もと（　　　　　　）すくすくと育った。

24．今年の夏は青やオレンジ（　　　　　　）いった、鮮やかな色が流行している。

25．熱が39度もあるのでは、欠席もやむ（　　　　　　）得ない。

Ⅱ（　　）の言葉を適当な形にして＿＿＿＿に書きなさい。（1×25）

1．学生時代はよく映画を＿＿＿＿＿＿＿＿ものだ。（見る）

2．A国は軍縮を＿＿＿＿＿＿＿一方で、核実験を続けている。（進める）

3．行くと約束＿＿＿＿＿＿＿以上、行かないわけにはいかない。（する）

4．外国語を勉強＿＿＿＿＿＿＿上で、辞書はなくてはならないものだ。（する）

5．この野菜はビタミンが＿＿＿＿＿＿＿ばかりか、がんを予防する働きもする。（豊富）

6．「あなたは禁止されている薬物に＿＿＿＿＿＿＿まで優勝したいのですか」（頼る）

7．子どもたちは文句を＿＿＿＿＿＿＿ながらも、片付けを手伝ってくれた。（言う）

8．＿＿＿＿＿＿＿＿＿ながら飲酒運転をするとは許せない。（警察官）

9．10年ぶりの優勝に、ファンは＿＿＿＿＿＿＿やら＿＿＿＿＿＿＿やら大騒ぎだった。（歌う／踊る）

10．あのまじめな人が犯人だなんて、そんなことは＿＿＿＿＿＿＿得ない。（ある）

11．花粉症にかかったらしく、涙が＿＿＿＿＿＿＿しかたがない。（出る）

12．お客様のご希望に＿＿＿＿＿＿＿プランをお選びいただけます。（沿う）

13．女性に年を＿＿＿＿＿＿＿ものではない。（聞く）

14．これは何度も＿＿＿＿＿＿＿上の結論だ。（話し合う）

15．「忘年会では仕事の話は＿＿＿＿＿＿＿にしましょう」（抜く）

16．どんなに頼んでも、田中さんは＿＿＿＿＿＿＿さえくれなかった。（会う）

17．まじめに＿＿＿＿＿＿＿さえすれば、生活に困ることはないだろう。（働く）

18．体が＿＿＿＿＿＿＿さえ＿＿＿＿＿＿＿ば、もっと働きたいのですが。（じょうぶ）

19．道が＿＿＿＿＿さえ＿＿＿＿＿＿ば、10分ぐらいで着くだろう。（込んでいない）

20．古くなっても、このかばんには愛着があって＿＿＿＿＿＿＿がたい。（捨てる）

21．この小説は父親の遺産を＿＿＿＿＿＿＿兄弟の争いを描いたものだ。（めぐって）

22．年をとると、記憶力は＿＿＿＿＿＿＿ばかりだ。（おとろえる）

23．この仕事は徹夜＿＿＿＿＿＿＿でも完成させるつもりだ。（する）

24．彼はスポーツも＿＿＿＿＿＿＿ピアノもプロ並みだ。（得意）

25．世界中が平和になる日が＿＿＿＿＿＿＿ものだろうか。（くる）（＝きてほしい）

Ⅲ （　　　）に入るものとして、最も適当なものを一つ選びなさい。（2×25）

1. 「先生、何とか手術をしないで治せない（　　　）でしょうか」
　　a．こと　　　　　　b．もの　　　　　　c．わけ　　　　　　d．はず

2. 人の顔をじろじろ見る（　　　）ではない。
　　a．こと　　　　　　b．もの　　　　　　c．わけ　　　　　　d．はず

3. 兄が死んだ。こうなった（　　　）は私が跡を継ぐしかないだろう。
　　a．うえ　　　　　　b．から　　　　　　c．ことに　　　　　　d．より

4. 私（　　　）ミスをしなければ勝てたのに。
　　a．だけ　　　　　　b．しか　　　　　　c．こそ　　　　　　d．さえ

5. 体に悪いと（　　　）、たばこがやめられない人はまだまだ多い。
　　a．知って　　　　　b．知りながら　　　c．知るものを　　　d．知ったので

6. 最近は携帯電話もカラフルになり、好みに（　　　）色が選べる。
　　a．とって　　　　　b．比べて　　　　　c．応じて　　　　　d．こたえて

7. 法律改正を（　　　）、与野党が激しく対立している。
　　a．めぐって　　　　b．もとに　　　　　c．関して　　　　　d．対して

8. 教育の名（　　　）子どもの人権が侵害されている場合がある。
　　a．とともに　　　　b．について　　　　c．のうえで　　　　d．のもとに

9. 試合の結果（　　　）、みんな最後までよくがんばった。
　　a．に応じて　　　　b．はもちろん　　　c．にしては　　　　d．はともかく

10. 今日はくもっている（　　　）風が強いので、とても寒く感じられる。
　　a．一方で　　　　　b．うえに　　　　　c．ばかりで　　　　d．かわりに

11. （　　　）方法はすべて試してみたのだが、うまくいかなかった。
　　a．考えうる　　　　b．考えがたい　　　c．考え深い　　　　d．考え切った

12. 最近パソコンを使うことが多いせいか、肩がこって（　　　）。
　　a．相違ない　　　　b．やむを得ない　　c．しようがない　　d．よりほかない

13. うちにはクーラーも（　　　）電子レンジもありません。
　　a．ないと　　　　　b．ないなら　　　　c．なければ　　　　d．なかったら

14. 選手たちは会場の声援に（　　　）大活躍した。
　　a．つれて　　　　　b．そって　　　　　c．こたえて　　　　d．したがって

49

15. まじめな田中さん（　　　　）、約束は守るに違いない。
　　　a．のことだから　　　b．のもとで　　　　　c．のうえは　　　　　d．にしては

16. オーストラリアにはコアラやカンガルー（　　　　）、珍しい動物がたくさんいる。
　　　a．といった　　　　b．なんて　　　　　　c．こそ　　　　　　　d．として

17. パソコンの使い方を覚えたければ、まずさわってみる（　　　　）。
　　　a．ところだ　　　　b．つもりだ　　　　　c．ことだ　　　　　　d．ばかりだ

18. 自由は大切だが、自分さえよければそれでいいという（　　　　）だろう。
　　　a．こと　　　　　　b．もの　　　　　　　c．ことではない　　　d．ものではない

19. 私たち一人一人が、環境問題を自分の問題（　　　）考える必要がある。
　　　a．に対して　　　　b．になって　　　　　c．どおりに　　　　　d．として

20. 「堅苦しいあいさつ（　　　　）、まずは乾杯しましょう」
　　　a．をこめて　　　　b．はぬきにして　　　c．に代わって　　　　d．とともに

21. 私のミスが原因で、上司に迷惑をかけた（　　　　）、会社にも損害を与えてしまった。
　　　a．上で　　　　　　b．ものの　　　　　　c．ことに　　　　　　d．ばかりか

22. 夢に（　　　　）見たパリへ来ることができ、うれしくてたまらない。
　　　a．でも　　　　　　b．だけ　　　　　　　c．まで　　　　　　　d．しか

23. 本日は定休日に（　　　　）、お休みさせていただきます。
　　　a．せいで　　　　　b．関し　　　　　　　c．ために　　　　　　d．つき

24. 「半年前に習いはじめたばかり（　　　　）、お上手ですね」
　　　a．にしては　　　　b．にすれば　　　　　c．にすると　　　　　d．にしても

25. あの学生は寒い（　　　　）雨が降っている（　　　　）と言って、すぐに学校をさぼり
　　　たがる。
　　　a．だの／だの　　　　　　　　　　　　b．もの／もの
　　　c．やら／やら　　　　　　　　　　　　d．なんて／なんて

37 ～っぱなし

接続 動詞のマス形

意味 ①ずっと～を続けている状態：一直持續～的狀態

1 この1週間雨が降りっぱなしで、洗濯物が乾かない。

2 新幹線が込んでいて、大阪まで3時間立ちっぱなしだった。

3 彼女は歯を磨いている間じゅう水を流しっぱなしにしている。あれは資源の無駄づかいだ。

4 新製品の注文が殺到している。朝から電話が鳴りっぱなしだ。

* 笑い通し／働き詰め

1 這一週持續降雨，洗的衣服都不乾。
2 新幹線很擁擠，到大阪一直站了3個小時。
3 她刷牙的時候讓水一直流。真是浪費資源。
4 新產品的訂單蜂擁而至。從早晨開始電話一直響個不停。
* 一直笑／始終工作

意味 ②～したまま、後始末をしていない：保持著～的狀態，不做善後

1 ドアが開けっぱなしだ／開けっぱなしになっている／開けっぱなしの窓

2 昨夜は電気もテレビもつけっぱなしで寝てしまった。

3 使ったものは出しっぱなしにせず、元あったところへ返すようにしましょう。

4 うちの子は玄関にかばんを置きっぱなしにして遊びに行ってしまう。

5 文句を言われっぱなしで言い返せなかった。悔しい。

1 門一直開著。／一直開著的窗戶
2 昨晚電燈、電視都開著就睡著了。
3 不要將使用過的東西一直放在那，把它放回原來的地方吧。
4 我家的小孩把書包放在門口就跑出去玩了。
5 一直被挑毛病，也不能回嘴。真令人氣憤。

38 ～っこない

意味 ～はずがない（話し言葉）：不可能（口語）

接続 動詞（多くは可能動詞）のマス形

🎧 **1** 今日中に漢字を 100 字覚えるなんて無理だ。でき**っこない**。

2 こんな話、だれも信じてくれ**っこない**と思う。

3 「お母さんには私の気持ちなんか、わかり**っこない**わよ」

1 今天一天記住 100 個漢字是難以辦到的。不可能做得到。
2 這樣的話，我想誰也不可能相信。
3 「我的心情媽媽不可能瞭解的。」

---

39 ～きり

意味 ①～だけで終わり、本来続くはずの後のことがない：只～就結束，本來應該持續的後續事情沒有了

接続 動詞のタ形／【これ・それ・あれ】

🎧 **1** 母は朝出かけた**きり**、夜になっても帰ってこない。

2 今日は忙しくて昼ご飯を食べる時間もなかった。朝牛乳を飲んだ**きり**だ。

3 北原さんは「あっ」と言った**きり**、黙り込んでしまった。

4 彼と会うのはもうこれっ**きり**にしよう。

＊ 祖父は足の骨を折って入院して以来、寝た**きり**になってしまった。

1 媽媽早晨出去了，到了晚上還沒回來。
2 今天很忙，連吃午飯的時間都沒有。僅僅是早晨喝了牛奶。
3 北原說了一句「啊」，就沉默了。
4 這次見過後就別再和他見面了。
＊ 爺爺在腿骨骨折住院以後，一直臥床不起。

意味 ②～だけ（限定）：僅、只（限定）

接続 数詞（きり）

🎧 **1** 父の単身赴任で、母と子二人**きり**の生活になった。

2 財布には 1,000 円**きり**しかなかった。

＊ 今持っているお金はこれっ**きり**です。

1 爸爸單身赴任，變成只有媽媽和孩子兩人的生活。
2 錢包裡只剩下 1000 日圓。
＊ 現在手裡的錢只有這些。

意味 ③ずっと〜している（**慣用的表現**）：一直做〜（慣用表現）

🎧 **1** 付きっきりで看病する。

2 彼はこのごろ部屋にこもり（っ）きりだ。

1 片刻不離左右的看護。
2 他最近一直關在房間裡。

---

40 〜げ

意味 いかにも〜そうだ（**様態**）：的確好像〜（様態）

接続 【イ形容詞・ナ形容詞】__ φ

🎧 **1** 息子は得意げに100点を取ったテストを差し出した。

2 ハンバーガーショップは楽しげな若者たちでいっぱいだった。

3 学生は自信なさげ（／ありげ）に答えた。

4 彼は何か言いたげな様子で立っていた。

5 寂しげ、悲しげ、優しげ、不満げ

1 兒子滿臉得意地交出考100分的考卷。
2 漢堡店擠滿了看起來很快樂的年輕人。
3 學生沒有自信（／充滿自信）地回答了。
4 他站在那，好像想要說什麼的樣子。
5 寂寞的樣子、悲哀的樣子、溫柔的樣子、不滿的神情

＊〜げ（の）ない

意味 〜の雰囲気／様子がない、特に意識しない（**慣用的表現**）：沒有〜的氣氛／樣子，沒有特別意識到（慣用表現）

1 ・かわいげのない子ども　・大人気ない行動　・危なげない勝利

🎧 **2** 何気なく顔を上げると、先生と目が合ってしまった。

1 ・不討人喜歡的孩子　・不像大人的行為　・十拿九穩的勝利
2 無意地抬起頭，與老師的視線對上了。

41 ～なんて／とは

意味 ～というのは→ 驚き、意外 等の感情：竟然→ 驚訝、意外等感情

接続 名詞／【動詞・イ形容詞／ナ形容詞】の普通体　ただし、ナ形容詞現在形の「だ」は省略可

1 日本での生活がこんなに忙しい<u>とは</u>（夢にも思わなかった）。

2 サミットの警備がこんなに厳重<u>とは</u>（知らなかった）。

3 ３億円の宝くじが当たった<u>とは</u>（うらやましい）！

4 「あの二人が離婚する<u>なんて</u>！　あんなに仲が良かったのに」

1　在日本的生活竟然這樣忙碌（做夢都沒想到）。
2　（之前都不知道）高峰會的警備竟然這樣嚴格。
3　竟然中了３億日圓彩券（叫人羨慕）！
4　「他們兩個竟然離婚了！關係那麼好……」

42 ～にすぎない

意味 ただ～だけだ(程度の低さを強調)：只不過是～（強調程度的低）

接続 名詞／動詞の普通体

1 その航空機事故で助かったのは、500人中４人<u>にすぎなかった</u>。

2 汚職事件が摘発されたが、あんなものは氷山の一角<u>に過ぎない</u>と思われる。

3 彼女はロシア語ができるといっても、ちょっとした挨拶ができる<u>にすぎない</u>。

4 「お礼だなんて、とんでもない。当然のことをした<u>にすぎない</u>んですから」

1　在那次空難得救的，500人當中只有４個人。
2　被揭發的貪汙事件被認為只不過是冰山一角。
3　雖說她會說俄語，也只不過是一些打招呼用語。
4　「怎麼能收您的禮呢，只不過做了該做的事。」

43 ～あげく

意味 いろいろ～した後（あと）で→　多くは（－）の結果（けっか）：做了許許多多～之後→多為負面的結果

接続 名詞＋の／動詞のタ形

🎧 **1** いろいろ悩（なや）んだあげく、会社を辞（や）めることにした。
　　2 金（かね）に困（こま）ったあげく、高利（こうり）の金（かね）を借（か）りてしまった。
　　3 彼は口論（こうろん）のあげく人をなぐってしまった。
　　＊ 彼女は子どものころから万引（まんび）きを繰（く）り返し、あげくのはてに盗（ぬす）みで警察（けいさつ）につかまった。

1 苦惱很久之後，決定辭職了。
2 資金困難，最後借了高利貸。
3 他吵架吵到最後揍了對方。
＊ 她從孩童時代就不停地扒竊，到頭來因為竊盜被員警抓住。

44 ～べき

接続 動詞の辞書形（じしょけい）　する→　するべき／すべき

意味 ①～しなければならない、するのが当然（とうぜん）だ：應該、應當

🎧 **1** 収入（しゅうにゅう）があるなら国民（こくみん）として税金（ぜいきん）を納（おさ）めるべきだ。
　　2 教授（きょうじゅ）に、読（よ）むべき本（ほん）を30冊（さつ）も指示（しじ）された。
　　3 学生時代、もっとよく勉強するべきだった。
　　4 人を傷（きず）つけるようなことは言（い）うべきではない。（＝～してはならない）
　　＊ 部屋（へや）に入（はい）るときはノックすべし。

1 如果有收入的話，作為國民就應當納稅。
2 被教授吩咐應該讀的書有30本。
3 學生時代如果更用功一點就好了。
4 不應該說傷人的話。
＊ 進屋時應該敲門。

意味 ②だれもがそう感（かん）じる：理應

🎧 **1** 彼女は愛（あい）すべき人柄（ひとがら）で、だれからも好（す）かれている。
　　2 ・驚（おどろ）くべきニュース　・憎（にく）むべき犯罪（はんざい）　・悲（かな）しむべき事件（じけん）

1 她為人可親，大家都喜歡她。
2 ・驚人消息　・可恨的犯罪　・讓人悲痛的事件

45 ～というより

意味 ＡよりＢと言ったほうがより適切だ（比較）：比起Ａ，說Ｂ更合適（比較）

接続 名詞／【動詞・イ形容詞・ナ形容詞】の普通体　ただし、ナ形容詞の「だ」は省略可

1 担任の山田先生はとても若くて、先生というより友だちみたいだ。

2 車内は冷房が効きすぎていて、涼しいというより寒いくらいだった。

3 試合に負けたことは、残念と言うよりただ悔しい。

4 私にとって留学は、海外で学ぶと言うより家を出る手段であった。

1 級任老師山田老師很年輕，與其說是老師更像是朋友。
2 車內冷氣開太強了，與其說涼爽倒不如說是寒冷。
3 比賽輸掉了，與其說是可惜不如說是懊悔。
4 留學對我來說，與其說是在海外學習倒不如說是離開家的手段。

---

46 ～にかかわらず／かかわりなく

意味 ～に関係なく：和～沒關係

接続 名詞／動詞の辞書形＋動詞のナイ形／名詞＋であるか否か

1 我が社は国籍、性別にかかわらず、優秀な人材を求めている。

2 お買い上げ代金の多少にかかわらず、無料で配達いたします。

3 この大学の図書館は、学生であるか否かにかかわらず、だれでも利用できる。

4 参加するしないにかかわらず、出欠の連絡をください。

5 この通りは昼夜にかかわりなく交通量が多い。

6 この映画は、子どもから大人まで、年齢にかかわりなく楽しめる。

1 我公司不論國籍、性別，需要優秀的人才。
2 不管購買貨款是多少，都免費配送。
3 這所大學的圖書館，不論是否是學生，任何人都可以利用。
4 不管參不參加，請告知出席與否。
5 這條街不管晝夜交通流量都很大。
6 這部電影不分老幼都能欣賞。

47 〜にもかかわらず

意味 〜のに：儘管〜但是〜

接続 名詞／【動詞・イ形容詞】の普通体／【名詞・ナ形容詞】＋である

🎧 1 彼は熱が高いにもかかわらず、仕事に行った。
   2 深夜にもかかわらず、大勢の人が病院に駆けつけた。
   3 このゲーム機は高価であるにもかかわらず、よく売れているそうだ。
   4 気をつけていたにもかかわらず、また失敗してしまった。

   1 他儘管發高燒，但還是去工作了。
   2 儘管深夜了，但是眾人還是趕到醫院。
   3 這部遊戲機儘管價格高昂，但是聽說賣得很好。
   4 儘管很小心，還是又失敗了。

---

48 〜あまり（に）

意味 〜すぎた結果 → （一）の結果：過於〜的結果→負面的結果

接続 名詞＋の／動詞の【辞書形・タ形】

   1 緊張のあまり気分が悪くなった。
🎧 2 母は心配のあまり病気になってしまった。
   3 現代の日本には、体型を気にするあまり過激なダイエットをする女性がいる。
   4 日本では経済成長を急ぐあまりに、環境破壊が急激に進んだ。
   5 ゲームに熱中していたあまり、父が帰ってきたことに気がつかなかった。
   ＊ あまりに寒くて（＝寒さのあまり）息ができなかった。

   1 過於緊張心情不好了。
   2 媽媽過於擔心生病了。
   3 現在的日本，有的女性過於在意體型而過度減肥。
   4 日本經濟成長過於急速，造成環境破壞急劇地發展。
   5 過於沉迷遊戲，都沒注意到爸爸回來了。
   ＊ 過於寒冷喘不過氣了。

37　・この1週間雨が＿＿＿＿＿＿＿＿＿＿で、洗濯物が乾かない。

　　　・昨夜は電気もテレビも＿＿＿＿＿＿＿＿＿＿で寝てしまった。

38　・今日中に漢字を100字覚えるなんて無理だ。＿＿＿＿＿＿＿＿＿＿。

39　・母は朝＿＿＿＿＿＿＿＿＿＿、夜になっても帰ってこない。

　　　・父の単身赴任で、母と子＿＿＿＿＿＿＿＿＿＿の生活になった。

　　　・＿＿＿＿＿＿＿＿＿＿で看病する。

40　・息子は＿＿＿＿＿＿＿に100点を取ったテストを差し出した。

　　　・＿＿＿＿＿＿＿＿＿＿顔を上げると、先生と目が合ってしまった。

41　・日本での生活がこんなに＿＿＿＿＿＿＿＿＿＿夢にも思わなかった。

42　・彼女はロシア語ができるといっても、ちょっとした挨拶が＿＿＿＿＿＿＿

　　　＿＿＿＿。

43　・いろいろ＿＿＿＿＿＿＿＿＿＿、会社を辞めることにした。

44　・収入があるなら国民として税金を＿＿＿＿＿＿＿＿＿＿。

　　　・彼女は＿＿＿＿＿＿＿＿＿＿人柄で、だれからも好かれている。

45　・担任の山田先生はとても若くて、先生＿＿＿＿＿＿＿＿＿＿友だちみたいだ。

46　・我が社は国籍、＿＿＿＿＿＿＿＿＿＿、優秀な人材を求めている。

　　　・この映画は、子どもから大人まで、＿＿＿＿＿＿＿＿＿＿楽しめる。

47　・彼は熱が＿＿＿＿＿＿＿＿＿＿、仕事に行った。

48　・母は＿＿＿＿＿＿＿＿＿＿病気になってしまった。

Ⅰ （　）にひらがなを1字ずつ書きなさい。

1．こんな話、だれも信じてくれ（　　）（　　）ないと思う。

2．彼と会うのはもうこれっ（　　）（　　）にしよう。

3．子どもは得意（　　）に 100 点のテストを母親に見せた。

4．日本の物価がこれほど高い（　　）（　　）、夢にも思わなかった。

5．その航空機事故で助かったのは、500 人中 4 人（　　）すぎなかった。

6．担任の先生はとても若くて、先生という（　　）（　　）友だちみたいだ。

7．我が社は国籍、性別（　　）かかわらず、優秀な人材を求めている。

8．彼は熱が高い（　　）（　　）かかわらず、仕事に行った。

9．母は心配（　　）あまり、病気になってしまった。

Ⅱ （　　　）の言葉を適当な形にして＿＿＿＿に書きなさい。

1．新幹線が込んでいて、東京まで 3 時間、＿＿＿＿＿＿＿＿っぱなしだった。（立つ）

2．収入があるなら国民として税金を＿＿＿＿＿＿＿べきだ。（おさめる）

3．若者たちは＿＿＿＿＿＿＿げに踊っていた。（楽しい）

4．いろいろ＿＿＿＿＿＿＿あげく、会社を辞めることにした。（なやむ）

5．3 億円の宝くじが＿＿＿＿＿＿＿とは、うらやましい。（当たる）

6．母は朝＿＿＿＿＿＿＿きり、夜になっても帰ってこない。（出かける）

7．「お母さんには私の気持ちなんか、＿＿＿＿＿＿＿っこないわよ」（わかる）

8．彼女はドイツ語が話せるといっても、日常会話が＿＿＿＿＿＿にすぎない。（できる）

9．＿＿＿＿＿＿＿＿にもかかわらず、また失敗してしまった。（気をつける）

10．試合に負けたことは、＿＿＿＿＿＿＿と言うよりただ悔しい。（残念）

11．日本では経済成長を＿＿＿＿＿＿＿あまりに、環境破壊が急激に進んだ。（急ぐ）

Ⅲ（　　）に入るものとして、最も適当なものを一つ選びなさい。

1．一度（　　）の人生だから、後悔はしたくない。
　　a．ほどの　　　　　b．ばかりの　　　　c．きりの　　　　d．ことの
2．一次試験から二次試験に進めるのは、受験者のうちわずか1割に（　　）。
　　a．しかない　　　b．すぎない　　　　c．わたる　　　　d．わけがない
3．あの人はいつも仕事道具を（　　）にして帰ってしまうんです。
　　a．出しっぱなし　b．出しっぽい　　c．出しがち　　　　d．出しぎみ
4．子どもたちがとても（　　）にプールで泳いでいる。
　　a．楽しげ　　　　b．楽しみ　　　　c．楽しさ　　　　d．楽し
5．あんなに体の弱かった子がオリンピック選手になる（　　）！
　　a．もの　　　　　b．こと　　　　　c．とか　　　　　d．とは
6．料金を支払った（　　）、1週間たっても商品が届かない。
　　a．せいで　　　　b．にもかかわらず　c．からには　　d．にかかわらず
7．彼の作品は、だれが見てもアマチュアのレベルと（　　）プロのレベルだ。
　　a．しても　　　　b．いったら　　　c．いうより　　　d．したら
8．ニュースを聞いて、驚き（　　）言葉が出なかった。
　　a．に応じて　　　b．のあまり　　　c．にしては　　　d．のあげく
9．たとえ夜道でも、ここから先は一本道だから（　　）。
　　a．迷いっこない　　　　　　　　　b．迷うほどだ
　　c．迷いきれない　　　　　　　　　d．迷うということだ
10．このような問題は十分に考えてから結論を出す（　　）。
　　a．わけだ　　　　b．ところだ　　　c．からだ　　　　d．べきだ
11．だれもが年齢や性別に（　　）、能力を発揮できる社会の実現が望まれる。
　　a．かかわりなく　b．もかかわらず　c．ばかりか　　　d．どころか

Ⅳ　後に続くものとして、最も適当なものを一つ選びなさい。

1．彼は何度も失敗したあげく（　　）。
　　a．最後まであきらめなかった　　　b．ノーベル賞を受賞するだろう
　　c．今でも実験をくり返している　　d．体をこわし、実験をあきらめた
2．あれほど努力したにもかかわらず（　　）。
　　a．合格できてうれしい　　　　　　b．合格できなかった
　　c．合格できるかもしれない　　　　d．合格してもらいたい
3．その子はあまりにかわいがられて育ったので、（　　）。
　　a．みんなに愛される人間になった
　　b．大人になってから、とても親を大切にした
　　c．自分では何もできない大人になってしまった
　　d．とてもかわいかったのだろう

49　〜にあたって／あたり

意味 〜の前に準備として…する、特別な場面で…する：在〜之前準備…，在特殊場合做…

接続 名詞／動詞の辞書形

1　新しい仕事を始める<u>にあたり</u>、叔父に 100 万円借りた。

2　熱帯地方へ旅行する<u>にあたって</u>は、予防注射をしておいたほうがいい。

3　留学<u>にあたって</u>の手続きはとても面倒で大変だった。

4　「オリンピックの開会<u>にあたり</u>、一言述べさせていただきます」

1　開始新的工作之際，向叔叔借了 100 萬日圓。
2　當去熱帶地區旅遊的時候，最好事先注射預防針。
3　留學時候的手續麻煩極了，很費勁。
4　「至此奧運會開幕之際，請允許我說幾句。」

50　〜に際して／際し

意味 〜（特別なこと）の前に、〜のときに：在〜（特殊的事情）前，在〜時候

接続 名詞／動詞の辞書形

1　就職<u>に際して</u>、多くの先輩にお世話になった。

2　黒田氏はアメリカ大統領来日<u>に際し</u>、通訳を務めた。

3　海外駐在員を選ぶ<u>に際して</u>は、仕事の能力だけではなく性格も考慮すべきだ。

4　「ここに入院<u>に際して</u>の注意事項が書いてありますから、読んでおいてください」

1　工作的時候，得到了很多前輩的照顧。
2　美國總統訪日的時候，黒田先生擔任了翻譯。
3　在選擇駐外人員的時候，不但要考慮工作能力還要考慮性格。
4　「這裡寫著入院時候的注意事項，請事先看一下。」

51 ～末（すえ）（に）

意味 ～した後（あと）で最後に：最後

接続 名詞＋の／動詞のタ形

1 長時間（ちょう じ かん）の議論（ぎ ろん）の<u>末に</u>、やっと計画（けい かく）が完成（かん せい）した。

2 船（ふね）は１カ月に及（およ）ぶ航海（こう かい）の<u>末に</u>、ようやく目的地（もく てき ち）に到着（とう ちゃく）した。

🎧 **3** いろいろ迷（まよ）った<u>末</u>、A 大学と B 大学を受験（じゅ けん）することにした。

4 父は苦労（く ろう）に苦労を重（かさ）ねた<u>末</u>、ついに実験（じっ けん）の成功（せい こう）を見ないまま亡（な）くなった。

5 「これはよく考えた<u>末</u>の結論（けつ ろん）ですから、変更（へん こう）はあり得（え）ません」

1 經過長時間的議論後，終於完成了計畫。
2 船航行了１個月之久，最後終於到達了目的地。
3 苦思後，最終決定參加A大學和B大學的考試。
4 父親歷經千辛萬苦，到最後卻沒看見實驗成功就去世了。
5 「這是深思熟慮後的結論，不能更改。」

---

52 ～を契機（けい き）に（して）／として

意味 具体的（ぐ たい てき）なできごとを機会（き かい）として→ 変化（へん か）、発展（はっ てん）する（書（か）き言葉（こと ば））＝～をきっかけに／にして／として（N3）：以具體的事情為機會→變化、發展（書面語）＝～をきっかけに／にして／として

接続 名詞

🎧 **1** サッカーの親善試合（しん ぜん じ あい）<u>を契機に</u>、二国間（に こく かん）の交流（こう りゅう）が進んだ。

2 バブル崩壊（ほう かい）<u>を契機にして</u>自己破産（じ こ は さん）が急増（きゅう ぞう）した。

3 我（わ）が社では海外進出（かい がい しん しゅつ）<u>を契機に</u>、留学生（りゅう がく せい）の採用（さい よう）を始めた。

4 友人が仕事を辞め、留学（りゅう がく）したの<u>を契機として</u>、私もあきらめていた教師（きょう し）を目指（め ざ）し、もう一度がんばろうと思った。

1 以足球友誼賽為契機，兩國間的交流有了進展。
2 以泡沫經濟破滅為起因，個人破產劇增。
3 敝公司以海外發展為契機，開始採用留學生。
4 以朋友辭掉工作，前往留學為轉機，我也想重新以當老師為目標，再努力一次。

53 〜を問わず

意味 〜に関係なく：與〜沒有關係

接続 名詞

🎧 **1** A社は学歴（／国籍）を問わず、やる気のある人材を求めている。

2 この植物園は四季（／季節）を問わずさまざまな花が咲いている。

3 性別年齢を問わず、カラオケが好きという人は多い。

4 ・昼夜を問わず　・経験の有無を問わず　・洋の東西を問わず

＊ 「アルバイト募集。年齢・経験不問」

1　A公司不論學歷（／國籍），尋求有幹勁的人才。
2　這座植物園不論四季（／季節）開著各種各樣的花。
3　與年齡性別無關，喜歡卡拉OK的人很多。
4　・不分晝夜　・不論有無經驗　・在世界每個地方
＊　「招募打工者。不問年齡、經驗。」

54 〜かのようだ

意味 比喩（本当は違う）：比喻（其實不一樣）

接続 動詞の【タ形・ナイ形・ている】／名詞＋である

1 春になると一面に花が咲き、まるで赤いじゅうたんを敷き詰めたかのようだった。

🎧 **2** 彼の部屋はまるで泥棒に入られたかのように散らかっていた。

3 9月の終わりだというのに、夏が戻ってきたかのような暑さだ。

4 母は見てきたかのように事故現場の様子を話した。

5 林君は大金持ちであるかのように、気前よく友だちにごちそうした。

1　春天到了花開一片，簡直像舖上了紅地毯一樣。
2　他的房間簡直像遭小偷一樣凌亂不堪。
3　雖說都9月底了，但是好像回到了夏天一樣炎熱。
4　媽媽好像親眼看到了一樣，說著事故現場的情況。
5　林先生好像有錢人一樣，慷慨地招待朋友。

55 ～からいうと／いえば／いって
～からすると／すれば／して
～から見ると／見れば／見て

接続 名詞

意味 ①～の立場から考えると：從～立場考慮的話

1 親からすれば門限があれば安心だろうが、子どもの立場からいえばそれは不自由だ。

2 消費者からすると値段は安ければ安いほどいい。

3 私から見ると、社長はまるで独裁者のようだ。

1 從父母的立場考慮如果有門禁的話會比較放心，但是從孩子的立場考慮的話那是不自由的。
2 從消費者的立場考慮，價格越便宜越好。
3 從我的角度來看，總經理簡直就像個獨裁者。

意味 ②～の面から考えると：從～方面考慮的話

1 収入から言えば今の仕事のほうがよいが、将来性を考えて転職することにした。

2 「どちらのアニメが好きですか」「ストーリーの面白さという点から見るとA、絵の美しさという点から見ればBのほうですね」

1 從收入方面看的話現在的工作比較好，但是考慮到前途決定跳槽。
2 「喜歡哪一部動畫呢？」「從故事趣味性方面看的話喜歡A，從繪圖優美性方面看的話喜歡B。」

意味 ③判断の根拠：判斷的根據

1 この1年間の成績からすると、合格の可能性は十分にある。

2 現在の景気の状況から見て、これ以上失業率が上がることはないだろう。

3 あの人は話し方や表情からして、どうも日本人ではないようだ。

4 私の経験から言えば、旅先では生水は飲まないほうがいいです。

1 從這一年的成績來看，合格的可能性十足。
2 從現在的經濟狀況來看，失業率不會再上升了吧。
3 那個人從說話方式和表情來看，總覺得好像不是日本人。
4 從我的經驗來說，旅途中最好不要喝生水。

56 〜もかまわず

意味 〜を気にせずに：不在意、不計較、不顧

接続 名詞

1 相手の気持ちもかまわず一方的に怒ってしまい、反省している。

2 彼女は雨にぬれるのもかまわず、彼の後を追いかけた。

3 母は息子の無事を聞いて、人目も構わず声を上げて泣いた。

＊ ・所かまわずごみを捨てる。　・なりふりかまわず働く。

1　不顧對方的感受單方面地發怒了，正在反省。
2　她不顧被雨淋濕，在他後面追趕。
3　母親得知兒子沒事，不顧眾目睽睽之下放聲哭泣。
＊　・不分場所亂扔垃圾。　・不顧體面拼命地工作。

---

57 〜ぬく

意味 最後まで〜する、完全に〜する：堅持到最後〜、完全〜

接続 動詞のマス形

1 決めたことは最後までやりぬきなさい。

2 彼は初マラソンで 42.195 キロを走り抜いた。

3 考え抜いた末に、会社を辞めて独立することにした。

4 Ａ氏は戦時下を生き抜き、戦後は祖国の復興に尽くした。

5 悩み／耐え／がんばり／困り＋ぬく

1　決定的事情請堅持做到最後。
2　他第一次跑馬拉松，跑完了 42.195 公里。
3　考慮到最後，決定辭職獨立。
4　Ａ活過了戰爭時期，戰後為祖國的復興獻身。
5　極其煩惱／忍受到底／堅持到底／一籌莫展

58 ～ばかりに

意味 そのことだけが原因で → (－) の結果：正是因為→負面的結果

接続 動詞のタ形／【イ形容詞・ナ形容詞】の名詞修飾形／名詞＋である

🎧 **1** 私が遅刻をしたばかりに皆に迷惑をかけてしまった。

2 彼の一言を信じたばかりにひどい目にあった。

3 背が高いばかりにどこへいっても目立ってしまう。

4 兄は無口なばかりによく冷たい人だと誤解されるようだ。

5 外国人であるばかりに、アパート探しには苦労した。

1 都是因為我遲到了，給大家添麻煩了。
2 就是因為相信了他的話，倒了大楣。
3 正是因為個子高，去哪裡都顯眼。
4 哥哥因為不愛說話，好像經常被誤解是冷淡的人。
5 正是因為是外國人，所以找公寓很辛苦。

＊～たいばかりに

意味 それだけが理由で→ 無理をする：只因為→ 勉強做了什麼事情

🎧 **1** 彼女に一目会いたいばかりに、駅で何時間も彼女を待った。

2 彼女はＡ君に会いたくないばかりに、仮病を使って学校を休んだ。

1 只因為想看她一眼，在車站等了她好幾個小時。
2 只因為她不想見Ａ，假裝生病沒去上學。

復習 ～ところ

1 先生にお願いしたところ、快く引き受けてくださった。

2 家を出ようとしたところに電話がかかってきた。

3 出かけるとき急いでいたので、もう少しでさいふを忘れるところだった。

4 あと少しで書き終わるところだったのに、終了のベルが鳴ってしまい、最後まで書けなかった。

1 拜託老師後，他就爽快地答應下來了。
2 正要出家門的時候，電話響了。
3 出門的時候比較著急，差點忘了帶錢包。
4 就差一點就寫完了，結束的鈴聲卻響了，沒能寫到最後。

59 ～ところを

意味 会話で前置き的に→ 感謝、依頼、お詫び 等：在會話中作為引子→感謝、請求、道歉等

接続 【動詞・イ形容詞・ナ形容詞】の名詞修飾形／名詞＋の

🎧 **1** 「お忙しいところをわざわざ来ていただき、ありがとうございました」

2 「お話し中のところをちょっと失礼します」

3 「お休みのところを、朝早くからお電話して申し訳ありません」

1 「感謝您在百忙之中特地來到這裡。」
2 「對不起，稍微打斷一下您的話。」
3 「在您休假的時候，一大早打電話給您，非常抱歉。」

---

60 ～たところで

意味 たとえ～しても→ （一）の予想・判断、たいしたことではない：即使～也→負面的預測、判斷，不是了不起的事情

接続 動詞のタ形

🎧 **1** 本当のことを言ったところで、だれも信じてくれないだろう。

2 この病気は手術をしたところで回復は難しいと思われる。

3 「今から急いだところで間に合わないよ」

4 すんでしまったことは、今さら後悔したところでどうにもならない。

5 彼女は体力があるから、２、３日徹夜したところで平気だろう。

（注）文末は過去形にはならない。

1 即使是說真話，也不會有人相信我吧。
2 這種病被認為即使做手術也難以恢復。
3 「即使現在開始趕也來不及了。」
4 過去的事情，如今後悔也沒用了。
5 她很有體力，所以即使熬夜２、３天也不算什麼吧。
（註）句尾不能用過去形。

49 ・新しい仕事を＿＿＿＿＿＿＿＿＿＿＿＿＿、叔父に100万円借りた。

50 ・就職＿＿＿＿＿＿＿＿＿＿、多くの先輩にお世話になった。

51 ・いろいろ＿＿＿＿＿＿＿＿＿、A大学とB大学を受験することにした。

52 ・サッカーの親善試合＿＿＿＿＿＿＿＿＿＿、二国間の交流が進んだ。

53 ・A社は＿＿＿＿＿＿＿＿＿＿＿＿＿、やる気のある人材を求めている。

54 ・彼の部屋はまるで泥棒に入られた＿＿＿＿＿＿＿＿＿＿散らかっていた。

55 ・親＿＿＿＿＿＿＿＿＿門限があれば安心だろうが、子どもの立場＿＿＿

　　　＿＿＿＿＿＿＿それは不自由だ。

　　・「どちらのアニメが好きですか」

　　「ストーリーの面白さという点＿＿＿＿＿＿＿＿＿A、絵の美しさという

　　点＿＿＿＿＿＿＿＿Bのほうですね」

　　・私の経験＿＿＿＿＿＿＿＿＿、旅先では生水は飲まないほうがいいです。

56 ・彼女は雨にぬれる＿＿＿＿＿＿＿＿＿＿、彼の後を追いかけた。

57 ・決めたことは最後まで＿＿＿＿＿＿＿＿＿＿＿。

58 ・私が遅刻を＿＿＿＿＿＿＿＿＿皆に迷惑をかけてしまった。

　　・彼女に一目＿＿＿＿＿＿＿＿＿＿＿、駅で何時間も彼女を待った。

59 ・「＿＿＿＿＿＿＿＿わざわざ来ていただき、ありがとうございました」

60 ・本当のことを＿＿＿＿＿＿＿＿＿＿、だれも信じてくれないだろう。

Ⅰ（　）にひらがなを１字ずつ書きなさい。

1．「オリンピックの開会（　）あたり、一言述べさせていただきます」
2．我が社では海外進出（　）契機（　）、留学生の採用を始めた。
3．我が社は学歴（　）問わず、やる気のある人材を求めている。
4．彼は雨にぬれるの（　）かまわず、彼女のあとを追いかけた。
5．長時間の議論（　）末（　）、やっと計画が完成した。
6．黒田氏はアメリカ大統領来日（　）際し、通訳を務めた。
7．９月の終わりだというのに、夏が戻ってきた（　）（　）ような暑さだ。
8．消費者（　）（　）すると値段は安ければ安いほどいい。
9．「お休みのところ（　）、朝早くからお電話して申し訳ありません」
10．本当のことを言ったところ（　）、だれも信じてくれないだろう。

Ⅱ（　）の言葉を適当な形にして＿＿＿＿に書きなさい。

1．いろいろ＿＿＿＿＿＿＿末、Ａ大学とＢ大学を受験することにした。（考える）

2．留学に＿＿＿＿＿＿＿の手続きはとてもめんどうで大変だった。（あたる）

3．海外駐在員を＿＿＿＿＿＿＿に際しては、適応力も見たほうがいいと思う。（選ぶ）

4．母は見て＿＿＿＿＿＿＿かのように事故現場の様子を話した。（来る）

5．彼の言葉を＿＿＿＿＿＿＿ばかりにひどい目にあった。（信じる）

6．決めたことは最後まで＿＿＿＿＿＿＿抜きなさい。（やる）

7．林君は＿＿＿＿＿＿＿＿＿＿＿かのように、気前よく友だちにごちそうした。

（大金持ち）

8．この病気は手術を＿＿＿＿＿＿＿ところで回復は難しいだろう。（する）

Ⅲ（　）に入るものとして、最も適当なものを一つ選びなさい。

1．彼女は２日や３日の徹夜は平気だ。疲れを知らない（　）。
　　a．わけだ　　　b．ばかりだ　　　c．にすぎない　　d．かのようだ
2．考えた（　）に出した結論ですから、私の気持ちは変わりません。
　　a．すえ　　　　b．ところ　　　　c．かわり　　　　d．から

3．新年を迎えるに（　　　　）、1年の計画を立てた。
　　a．とって　　　　　　b．かけて　　　　　　c．たいして　　　　d．あたって
4．Aチームは1回戦で負けると思われたが、予選リーグを（　　　　）、決勝リーグへ進
　　出した。
　　a．勝ちかけ　　　　b．勝ち出し　　　　　c．勝ち抜き　　　　d．勝ちきり
5．この仕事は面白そうだが、時給（　　　　）割に合わない。
　　a．によって　　　　b．ばかりか　　　　　c．からすると　　　d．はじめ
6．事故で入院したのを（　　　　）、禁煙することにした。
　　a．もとに　　　　　b．契機に　　　　　　c．末に　　　　　　d．せいで
7．彼は娘が交通事故で死んだと聞かされ、人目も（　　　　）大声で泣いた。
　　a．かまわず　　　　b．問わず　　　　　　c．知らず　　　　　d．よらず
8．再入国の手続きをするに（　　　　）必要な書類を教えてください。
　　a．おいて　　　　　b．対して　　　　　　c．際して　　　　　d．関して
9．お忙しい（　　　　）おじゃまして申し訳ありません。
　　a．ところを　　　　b．に際して　　　　　c．ところで　　　　d．にあたって
10．○○監督のアニメ映画は、年齢を（　　　　）多くの人が楽しめるものだ。
　　a．かかわらず　　　b．問わず　　　　　　c．たまらず　　　　d．かまわず
11．主人のことだから、禁煙を始めた（　　　　）3日と続かないだろう。
　　a．ものを　　　　　b．ところが　　　　　c．ものの　　　　　d．ところで

Ⅳ　後に続くものとして、最も適当なものを一つ選びなさい。

1．人付き合いが苦手なばかりに、（　　　　）。
　　a．営業の仕事はしたくない
　　b．人から誤解されることも多い
　　c．一人でいるのが好きだ
　　d．できるだけいろいろな人と話そう

2．上田さんは初めて聞いたかのような顔をしていた。（　　　　）。
　　a．初めて聞いたときは私も驚いた
　　b．どうして知っていたのだろう
　　c．あした話そうと思っていたのだが
　　d．多分忘れていたのだろう

3．一度や二度失敗したところで（　　　　）。もう一度挑戦すればいいのだから。
　　a．たいしたことはない
　　b．またがんばってください
　　c．がっかりしなかった
　　d．もうあきらめてしまった

61　～ことから

接続【動詞・イ形容詞・ナ形容詞】の名詞修飾形

意味 ①～という理由で…と判断する：從～理由來判斷為……

 1　声が震えていることから、彼女が緊張していることがわかった。

　2　遺書があったことから、A氏の死は自殺と断定された。

　1　從聲音的顫抖可知她很緊張。
　2　因有留下遺書，A的死因被斷定為自殺。

意味 ②～という理由で…と名付けられた：因～理由被命名為……

 1　その坂は富士山が見えることから富士見坂と呼ばれるようになった。

　2　妹は3月に生まれたことから、「弥生」と名付けられた。

　1　從這個斜坡可以看見富士山，所以被稱作富士見坂。
　2　妹妹是3月份出生的，所以被起名叫「彌生」。

意味 ③～がきっかけで→　変化：以～為開端→變化

 1　日本のアニメを見たことから、日本に関心を持つようになった。

　2　彼が彼女の財布を拾ってあげたことから、二人の交際が始まった。

　1　看了日本動畫後，開始變得關心日本。
　2　以他拾到她的錢包為開端，兩個人開始了交往。

62　～ことにする

意味 事実ではないことを、事実として扱う：把不是事實的事情作為事實來處理

接続 動詞のタ形／～という（ことにする）

 1　友だちに書いてもらった作文を、自分が書いたことにして提出した。

　2　ごみだけ拾って、掃除したことにした。

　3　「今の話は聞かなかったことにしてください」

　4　妻「会社の高橋さんからお電話よ」
　　　夫「今、いないということにしておいてくれ」

　1　把朋友幫我寫的作文當做自己寫的提交了。

2　撿撿垃圾就當打掃過了。
3　「剛才的話請就當沒聽過。」
4　妻子：「公司的高橋來的電話。」
　　丈夫：「就當我不在。」

63　～ことか／だろう

意味 感嘆、詠嘆　等の気持ちを強く表す：強烈地表達感嘆、嘆息等的心情

接続 動詞のタ形／【イ形容詞・ナ形容詞】の名詞修飾形

🎧　**1**　外国での一人暮らしはどんなに寂しいことか。

　　2　我が子が生まれたときは、どんなにうれしかったことか！

　　3　自然の営みはなんと不思議なことか。

　　4　本との出会いがどれほど私を成長させてくれたことだろう。

　　5　日本へ来て３年、何度国へ帰りたいと思ったことだろう。

1　在國外一個人生活是多麼寂寞啊！
2　我的孩子出生當時，我是多麼高興啊！
3　自然界的活動是多麼不可思議啊！
4　看書讓我成長了很多啊！
5　來日本３年，期間多少次想回國啊！

64　～ないことには

意味 ～なければ…ない：不～就不……

接続 動詞のナイ形（ことには）

🎧　**1**　議長が来ないことには会議は始められない。

　　2　実際に会ってみないことには、どんな人かわからないと思う。

　　3　「テストを受けてもらわないことには、あなたのレベルがわかりません」

　　4　「どんなに具合が悪くても、私が家事をしないことには家の中がめちゃめちゃに
　　　　なってしまうんです」

1　議長不來會議就不能開始。
2　我想不見面就不知道對方是什麼樣的人。
3　「不讓你接受考試就不知道你的水準。」
4　「不管身體狀況怎樣不好，我不做家務家中就變得雜亂無章。」

65 　～というものだ

意味 全く～だ(断定、強調)：真是～(斷定、強調)

接続 名詞／【動詞・イ形容詞・ナ形容詞】の普通体　ただし、ナ形容詞現在形に「だ」はつかない

1. 初対面なのにあれこれ個人的なことを聞くのは失礼<u>というものだ</u>。
2. 学歴がないから能力がないという見方があるが、それは偏見<u>というものだ</u>。
3. 初恋の人と結婚するなんて、それこそ珍しい<u>というものだ</u>。
4. 新しい薬の開発にやっと成功した。長年の苦労が報われた<u>というものだ</u>。

1　才第一次見面，就針對個人私事問東問西，真沒禮貌。
2　有人覺得沒學歷就是沒能力，這是偏見。
3　跟初戀情人結婚，真是稀奇啊。
4　新藥的開發終於成功了，長年的辛苦總算得到了回報。

～というものでは／もない

意味 ～とは言い切れない：不能斷言～

1. 作文は長ければいい<u>というものではない</u>。中身が大切だ。
2. 塾に行きさえすれば成績が上がる<u>というものではない</u>。
3. 社会の中で生活している以上、自分さえよければそれでいい<u>というものではなかろう</u>。
4. 太っているから不健康<u>というものでもないだろう</u>。

1　作文未必越長越好。內容最重要。
2　並非只要去了補習班就能提高成績。
3　既然生活在社會中，就不能說只要自己好就好。
4　並非胖就是不健康。

66 　～ものなら

意味 ①(不可能、あるいはそれに近いが)もしできるなら～たい：(不可能或者和這個相近)如果能的話，想～

接続 動詞の可能形

1. 人生をやり直せる<u>ものなら</u>やり直したい。
2. (病気の子どもに対し)代われる<u>ものなら</u>代わってやりたい。
3. 食べられる<u>ものなら</u>、世界中の珍味を食べてみたい。
4. 自然破壊を止められる<u>ものなら</u>、何としてでも止めたい。
* 「こんな高い所から飛び降りられるはずがない。やれる<u>ものなら</u>やってみろ」

1　如果人生能夠重來，我想重新開始。
2　（對生病的小孩）如果可以代替，我想代替你。
3　如果能吃的話，我想嚐遍世界上的美味。
4　如果能阻止自然破壞，我想竭力阻止。
＊　「不可能從這麼高的地方跳下去。如果可以跳的話跳下去看看。」

意味 ②もし～たら→　大変な結果：如果～的話→很嚴重的後果

接続 動詞の意志形／イ形容詞＋かろう

🎧 **1**　A 先生は時間に厳しい。授業に遅れようものなら教室にも入れてもらえない。

2　最近はよその子どもに注意などしようものなら、母親に文句を言われてしまう。

3　米国の株価が暴落しようものなら、世界中の市場がパニックになるだろう。

4　子どものころ、テストの点が悪かろうものなら、父になぐられたものだ。

1　A老師對時間要求很嚴。上課如果遲到的話，就不許進教室。
2　最近向別人家的孩子說教，會被母親埋怨的。
3　如果美國的股價暴跌的話，全球市場就會陷入恐慌吧。
4　小時候，如果考試分數不好的話，就會被父親揍。

67　～どころか…

意味 ～の程度ではない→　それより激しい、正反対である（後半を強調）：不是～程度→比那個強烈、正相反（強調後半部）

接続 名詞／【動詞・イ形容詞・ナ形容詞】の普通体　ただし、ナ形容詞現在形に「だ」はつかない

1　勉強が忙しくて、友だちと遊ぶどころか、家でテレビを見る時間もない。

🎧 **2**　のどが痛くて、ご飯を食べるどころか水も飲めない。

3　この絵は 100 万円した。しかし私はこの絵には 100 万円どころか 200 万円の価値があると思う。

4　評判の映画を見に行ったのだが、面白いどころか退屈で、途中で帰ってしまった。

5　「お宅のおじいさんの病気、治った？」

　→　・「ええ、それ（／治った）どころか、前より元気になったみたいよ」

　　　・「それが、治るどころか悪化して、入院したんですよ」

1　學習很忙，別說和朋友去玩了，在家看電視的時間都沒有。
2　喉嚨痛，別說吃飯了，水都不能喝。
3　這幅畫價值 100 萬日圓。但是我認為這幅畫別說 100 萬日圓，200 萬日圓都值得。
4　去看了深受好評的電影，但是別說有意思了，簡直是無聊，中途就回來了。
5　「你家爺爺的病治好了嗎？」
　→　・「嗯，不只治癒了，好像比以前更健康了呢。」
　　　・「沒有治癒，是惡化了，已經住院了。」

68 ～どころではない

意味 そのような軽い程度（ていど）ではない：不是那種輕微的程度

接続 名詞／動詞の普通体

1 今日はあまりに忙しくて、食事どころではなかった。

2 母が手術（しゅじゅつ）をすることになり、心配で勉強どころではない。

3 「今度の土曜日に映画（えいが）でも見に行かない？」

「ごめん、試験で、それどころじゃないんだ」

4 せっかく旅行に行ったのに病気になってしまい、楽しむどころではなかった。

5 「そちら、雨降（ふ）った？」「降（ふ）ったどころじゃないわよ。大洪水（だいこうずい）よ」

1　今天太忙了，飯都沒吃。
2　母親要做手術，擔心得沒法學習。
3　「這個週六去看電影嗎？」
　　「對不起，有考試，不是去的時候。」
4　好不容易去旅行結果生病了，一點沒有享受到。
5　「你那裡下雨了？」「豈止是下雨啊。是大洪水。」

復習 ～だけ

・「食べたいだけ食べていいですよ」

・できるだけのことはやったつもりだ。

・「想吃就吃吧。」
・覺得已經盡心盡力了。

---

69 ～だけに

意味 ～だからやはり（当然（とうぜん））、～だからなおさら：因為～果然（當然）、正因為～更加

接続 名詞／【動詞・イ形容詞・ナ形容詞】の名詞修飾形

1 彼は10年も日本にいただけに、日本事情（じじょう）に詳（くわ）しい。

2 この機種（きしゅ）は今一番人気（にんき）があるだけに、なかなか手に入らないそうだ。

3 苦（くる）しい試合だっただけに、優勝（ゆうしょう）できてうれしい。

4 周囲（しゅうい）の期待（きたい）が大きいだけに、失敗（しっぱい）は許（ゆる）されない。

1　他因為在日本待了10年，果然很清楚日本的情況。
2　聽說這個機型是現在最受歡迎的，當然很難入手。
3　正因為是艱苦的比賽，能取勝更加高興。
4　正因為周圍人期待很大，更加不容失敗。

70 〜だけあって

意味 〜だから、その身分、能力にふさわしく→ 多くは（＋）の事実：因為〜，符合這個身份或能力→ 多數為正面的事實

接続 名詞／【動詞・イ形容詞・ナ形容詞】の名詞修飾形

1 ドイツはビールの本場だけあって、種類が多い。

2 あの店は有名なだけあって、いつもお客さんでいっぱいだ。

3 この歌は世界中でヒットしただけあって、歌詞もメロディーもすばらしい。

4 あの子は昆虫博士といわれているだけあって、本当に虫のことには詳しい。

1 德國不愧是啤酒的發源地，種類很多。
2 那家店不愧很有名，客人總是很多。
3 這首歌不愧在全世界大受歡迎，歌詞和旋律都很棒。
4 那個孩子不愧被稱作是昆蟲博士，真的非常精通昆蟲的事。

〜だけのことはある

意味 身分、努力、能力に応じた価値がある／結果だと納得する：有和身份、努力、能力相應的價值／可信服的結果

1 優勝できてうれしい。１年間がんばって練習しただけのことはあった。

2 このメーカーのくつは歩きやすくて丈夫だ。高いだけのことはある。

3 子どもがかいた絵とは思えない。みんながほめるだけのことはある。

4 「このおもちゃ、もう壊れちゃった。安いだけのことはあるね」

1 能夠獲勝非常高興。１年的努力練習很值得。
2 這家廠商的鞋子行走舒適而且結實。值得這麼高的價錢。
3 無法想像是小孩子畫的畫。值得大家誇獎。
4 「這個玩具已經壞了。價格便宜是有道理的啊。」

71 ～上

意味 ～の面で、～の見地から：在～方面，從～的觀點

接続 名詞

1 ・宗教上の理由　・金銭上のトラブル　・形式上　・立場上

2 法律上は男女平等だが、実際にはまだいろいろな差別がある。

3 実験は理論上は成功するはずだったのに失敗した。なぜだろう。

4 犯人が子どもの場合は、警察にもマスコミにも教育上の配慮が求められる。

5 あの夫婦は表面上は（＝見かけの上では）仲が良さそうだが、実はそうでもない

らしい。

1　・宗教方面的理由　・金錢方面的困難　・形式上的　・立場方面
2　法律上男女雖然平等了，但是實際上還是有很多歧視。
3　實驗在理論上應該成功卻失敗了。為什麼呢？
4　犯人是小孩子的時候，需要員警、媒體在教育的立場上給予特別待遇。
5　那對夫婦表面上關係好像很好，但是實際上好像不是那麼回事。

72 ～上（で）

意味 ～の面で、～の範囲で：在～方面、在～範圍

接続 名詞＋の

1 彼とは仕事の上（で）の付き合いしかない。

2 地図の上では近そうに見えたが、実際に歩いてみると遠かった。

3 暦の上ではもう秋だが、厳しい残暑が続いている。

4 日系3世の水野さんは、見かけの上では日本人と変わらないが、考え方はアメ

リカ人そのものだ。

1　和他只有工作上的交往。
2　在地圖上看起來好像很近，但是實際走過後其實很遠。
3　曆法上已經是秋天了，但是高溫餘熱仍未消退。
4　日僑第三代的水野外表上和日本人沒有什麼區別，但是想法已經是美國人的想法了。

61　・声が震えている＿＿＿＿＿＿彼女が緊張していることが＿＿＿＿＿＿＿。

　　　・その坂は富士山が見える＿＿＿＿＿＿＿＿富士見坂と＿＿＿＿＿＿＿＿＿

　　　ようになった 。

　　　・日本のアニメを見た＿＿＿＿＿＿、日本に関心を持つように＿＿＿＿＿＿。

62　・友だちに書いてもらった作文を、自分が＿＿＿＿＿＿＿＿＿＿提出した 。

63　・外国での一人暮らしは＿＿＿＿＿＿＿＿寂しい＿＿＿＿＿＿＿。

64　・議長が＿＿＿＿＿＿＿＿＿＿＿会議は始められない 。

65　・初対面なのにあれこれ個人的なことを聞くのは失礼＿＿＿＿＿＿＿＿＿。

　　　・作文は長ければいい＿＿＿＿＿＿＿＿＿＿＿＿＿ 。中身が大切だ 。

66　・人生をやり直せる＿＿＿＿＿＿＿やり直し＿＿＿＿＿＿ 。

　　　・A 先生は時間に厳しい 。授業に＿＿＿＿＿＿＿＿＿＿＿＿＿教室にも入れ

　　　てもらえない 。

67　・のどが痛くて、ご飯を＿＿＿＿＿＿＿＿＿＿水も飲めない 。

68　・母が手術をすることになり、心配で勉強＿＿＿＿＿＿＿＿＿＿＿。

69　・彼は 10 年も日本に＿＿＿＿＿＿＿＿、日本事情に詳しい 。

70　・あの店は有名な＿＿＿＿＿＿＿＿、いつもお客さんでいっぱいだ 。

　　　・優勝できてうれしい 。1 年間がんばって練習した＿＿＿＿＿＿＿＿＿。

71　・＿＿＿＿＿＿＿は男女平等だが、実際にはまだいろいろな差別がある 。

72　・＿＿＿＿＿＿＿＿は近そうに見えたが、実際に歩いてみると遠かった 。

Ⅰ （　　）に「こと」か「もの」を入れなさい。

1．花嫁姿の彼女はなんと美しかった（　　　　　　）か。

2．論文は長ければ長いほどいいという（　　　　　　）ではない。

3．道がぬれていた（　　　　　）から、夜中に雨が降ったことがわかった。

4．実物を見ない（　　　　　）には買うかどうか決められない。

5．「今の話は聞かなかった（　　　　　　）にしてください」

6．初対面なのにあれこれ個人的なことを聞くのは失礼という（　　　　　）だ。

7．上手になりたかったら、毎日練習する（　　　　　）だ。

8．早く一人前になって両親を安心させたい（　　　　　）だ。

9．残念な（　　　　　）に、Ａチームは１点差で負けた。

10．だれでもほめられればうれしい（　　　　　）だ。

Ⅱ （　　　　）の言葉を適当な形にして＿＿＿＿に書きなさい。

1．塾に＿＿＿＿＿さえすれば成績が＿＿＿＿＿＿というものではない。（行く／上がる）

2．人生を＿＿＿＿＿＿＿＿＿ものならやり直したい。（やり直す）

3．苦しい＿＿＿＿＿＿＿＿＿だけに、勝ててうれしい。（試合）

4．みんなが＿＿＿＿＿＿＿だけのことはある。本当にすばらしい映画だった。（ほめる）

5．あの店は＿＿＿＿＿＿＿だけあって、いつもお客さんでいっぱいだ。（有名）

6．日本のアニメを＿＿＿＿＿＿＿ことから、日本に関心を持つようになった。（見る）

7．議長が＿＿＿＿＿＿＿ことには会議を始められない。（来る）

8．大学に合格したときは、どんなに＿＿＿＿＿＿＿＿＿＿ことか。（うれしい）

9．友だちに書いてもらった作文を、自分が＿＿＿＿＿＿＿ことにして提出した。（書く）

10．のどが痛くて、ご飯を＿＿＿＿＿＿＿どころか水も飲めない。（食べる）

11．父は大変厳しく、　口答えを＿＿＿＿＿＿＿　ものならなぐられたものだ。（する）

　　　　　　　　　　　成績が＿＿＿＿＿＿＿　　　　　　　　　　　　　　（悪い）

Ⅲ （　　　　）に入るものとして、最も適当なものを一つ選びなさい。

1．さすがに学生時代にやっていた（　　　　）、彼は今でもテニスが上手だ。

   a．からには   b．にしては   c．だけあって   d．からこそ

2．忙しすぎて、食事をする（　　　　）コーヒー1杯飲む時間もない。

   a．ところが   b．以上に   c．ものなら   d．どころか

3．この布は絹なのかポリエステルなのか、見かけ（　　　　）は区別がつかない。

   a．ちゅう   b．じょう   c．うえ   d．なか

4．今まで何度たばこをやめようと思った（　　　　）。

   a．ことだ   b．ことか   c．ものだ   d．ものか

5．仕事が忙しいが、兄が結婚するので、国に（　　　　）ものなら帰りたい。

   a．帰りたい   b．帰る   c．帰れる   d．帰ろう

6．石田さんは昨年国際的なコンクールに優勝した（　　　　）、多くの人に知られるようになった。

   a．ことから   b．ことなら   c．ことには   d．ことだから

7．仕事は給料さえ高ければいいという（　　　　）と思う。

   a．ことではない b．ほどではない c．だけではない d．ものではない

8．彼と私は同級生だったが、仕事の（　　　　）彼のほうが先輩だ。

   a．もとでは   b．もとには   c．うえでは   d．うえには

9．本当は恋人と二人で海へ行ったのだが、親には友人たちと4人で行った（　　　　）。

   a．ことにしておいた   b．ものしておいた

   c．ことになった   d．ものになった

10．生活が苦しくて、貯金をする（　　　　）。

   a．はずではない   b．べきではない

   c．ものではない   d．どころではない

Ⅳ 後に続くものとして、最も適当なものを一つ選びなさい。

1．鈴木さんは以前イギリスに住んでいただけあって、あの国のことを（　　　　）。

   a．よく知っている

   b．もっと知るべきだ

   c．よく知りたいらしい

   d．知っているかもしれない

2．日本語が話せないことには（　　　　）。

   a．入学試験に落ちてしまった

   b．進学も就職も難しいだろう

   c．もっと勉強しなければならない

   d．彼が日本人でないことがわかった

3．この料理は素材が良くて手間も時間もかかっている。それだけに（　　　　）。
　　a．味はそれほどではない
　　b．値段も安い
　　c．味はどうだろうか
　　d．値段も高い

4．この調子なら、入賞どころか（　　　　）。
　　a．優勝も夢ではない
　　b．優勝できてうれしかった
　　c．1回戦は勝てるだろう
　　d．1回戦で負けてしまった

5．「今この火の中に飛び込もうものなら、（　　　　）」
　　a．子どもを助け出すことができるだろう
　　b．水をかぶり、ぬれたタオルで口を覆って行きなさい
　　c．父親のあなたまで死んでしまいますよ
　　d．防火服を着た専門家に任せたほうがいい

I（　　）に助詞を書きなさい。（「から」のように2字入る場合もあります）
（1×25）

1．その航空機事故で助かったのは、500人中4人（　　　　　）すぎなかった。

2．彼は口論（　　　　　）あげく人をなぐってしまった。

3．今日は朝牛乳を飲んだ（　　　　）、何も食べていない。

4．冷房がききすぎていて涼しいという（　　　　）寒いくらいだ。

5．この通りは昼夜（　　　　）かかわりなく交通量が多い。

6．母は心配（　　　　）あまり、病気になってしまった。

7．サッカーの親善試合（　　　　）契機（　　　　）、二国間の交流が進んだ。

8．熱帯地方を旅行する（　　　　）あたっては、予防注射をしておいたほうがいい。

9．長時間の議論（　　　　）末（　　　　）、ようやく計画が完成した。

10．姉はまるで見てきた（　　　　）のように、事故現場の様子を話した。

11．性別年齢（　　　　）問わず、カラオケが好きという人は多い。

12．気をつけていた（　　　　）かかわらず、また失敗してしまった。

13．彼は10年も日本にいただけ（　　　　　）、日本の事情にくわしい。

14．母は息子の無事を聞いて、人目（　　　　）かまわず声を上げて泣いた。

15．背が高いばかり（　　　　）どこへ行っても目立ってしまう。

16．黒田氏はアメリカ大統領来日（　　　　）際し、通訳を務めた。

17．「お忙しいところ（　　　　）わざわざ来ていただき、ありがとうございました」

18．我が子が生まれたときは、どんなにうれしかったこと（　　　　）！

19．遺書があったこと（　　　　）、A氏の死は自殺と断定された。

20．○○賞をもらった。長年の苦労が報われた（　　　　）いうものだ。

21．犯人が子どもの場合は、マスコミにも教育上（　　　　）配慮が求められる。

22．日本での生活がこんなに忙しい（　　　　）は夢にも思わなかった。

23．子どもがかいた絵とは思えない。みんながほめる（　　　　）のことはある。

24．のどが痛くて、ご飯を食べるどころ（　　　　）水も飲めない。

25．実物を見ないこと（　　　　）は買うかどうか決められない。

Ⅱ （　　　）の言葉を適当な形にして＿＿＿＿に書きなさい。（1×25）

1．ハンバーガーショップは＿＿＿＿げな若者たちでいっぱいだった。（楽しい）

2．学生は自信＿＿＿＿＿＿＿げに答えた。（ある）

3．こんなに難しい問題、私には＿＿＿＿＿＿＿っこない。（できる）

4．いろいろ＿＿＿＿＿＿＿あげく、会社を辞めることにした。（なやむ）

5．中国語を勉強したといっても、日常会話が＿＿＿＿＿＿＿にすぎません。（できる）

6．彼女は「あっ」と＿＿＿＿＿＿＿きり、黙り込んでしまった。（言う）

7．約束は＿＿＿＿＿＿＿べきだ。（守る）

8．参加する＿＿＿＿＿＿＿にかかわらず、出欠の連絡をください。（する）

9．いろいろ＿＿＿＿＿＿＿末、A大学とB大学を受験することにした。（考える）

10．彼の一言を＿＿＿＿＿＿＿ばかりに、ひどい目にあった。（信じる）

11．9月の終わりだというのに、夏が＿＿＿＿＿＿＿かのような暑さだ。

（戻ってくる）

12．新しい仕事を＿＿＿＿＿＿＿にあたって、叔父に100万円借りた。（始める）

13．彼は初マラソンで42キロを＿＿＿＿＿＿＿抜いた。（走る）

14．ここに入院に＿＿＿＿＿＿＿の注意事項が書いてあります。（際して）

15．林君は＿＿＿＿＿＿＿かのように、気前よく友だちにごちそうした。（金持ち）

16．本当のことを＿＿＿＿＿＿＿ところで、だれも信じてくれないだろう。（言う）

17．昨夜はテレビも電気も＿＿＿＿＿＿＿っぱなしで寝てしまった。（つける）

18．我が子が生まれたときは、どんなに＿＿＿＿＿＿＿ことか。（うれしい）

19．議長が＿＿＿＿＿＿＿ことには会議は始められない。（来る）

20．人生を＿＿＿＿＿＿＿ものなら、やり直したい。（やり直す）

21．A先生は学生が授業に＿＿＿＿＿＿＿ものなら、教室にも入れてくれない。（遅れる）

22．子どものころ、テストの点が＿＿＿＿＿＿＿ものなら、父になぐられたものだ。（悪い）

23．苦しい＿＿＿＿＿＿＿だけに、優勝できてうれしい。（試合）

24．優勝できてうれしい。がんばって練習＿＿＿＿＿＿＿だけのことはあった。（する）

25．のどが痛くて、ご飯を＿＿＿＿＿＿＿どころか水も飲めなかった。（食べる）

Ⅲ　（　　　　）に入るものとして、最も適当なものを一つ選びなさい。（2×25）

50

1．動物園は（　　　　）な家族連れでいっぱいだった。
　　a．楽しさ　　　　　　b．楽しげ　　　　　　c．楽しみ　　　　　　d．楽しめ

2．祖父は去年病気で入院して以来、（　　　　）になってしまった。
　　a．寝ただけ　　　　　b．寝たばかり　　　　c．寝たきり　　　　　d．寝たほど

3．彼は金に困った（　　　　）、悪い仲間に入ってしまった。
　　a．だけに　　　　　　b．あげく　　　　　　c．ことに　　　　　　d．ながらも

4．「お礼だなんて、とんでもない。当然のことをした（　　　　）んですから」
　　a．だけのことはある　　　　　　　　b．にちがいない
　　c．にすぎない　　　　　　　　　　　d．わけではない

5．痛さの（　　　　）一晩中眠れなかった。
　　a．あまり　　　　　　b．ばかり　　　　　　c．だけに　　　　　　d．うえに

6．若いころ、もっとよく勉強（　　　　）。
　　a．したものだ　　　　　　　　　　　b．するはずだった
　　c．したべきだ　　　　　　　　　　　d．するべきだった

7．私がミスをした（　　　　）大勢の人に迷惑をかけてしまった。
　　a．ところで　　　　　b．どころか　　　　　c．ばかりで　　　　　d．ばかりに

8．この映画は子どもから大人まで、年齢に（　　　　）楽しめる。
　　a．かかわらず　　　　b．もかかわらず　　　c．しだいで　　　　　d．しだいでは

9．苦労に苦労を重ねた（　　　　）、ついに成功した。
　　a．あげく　　　　　　b．うえで　　　　　　c．からして　　　　　d．すえに

10．収入（　　　　）今の仕事のほうがいいが、将来性を考えて転職することにした。
　　a．からして　　　　　b．からいえば　　　　c．というより　　　　d．とすると

11．映画を見ている間じゅう（　　　　）だった。
　　a．笑いながら　　　　b．笑ったきり　　　　c．笑いっぱなし　　　d．笑ったまま

12．あんなに体の弱かった子がオリンピック選手になる（　　　　）！
　　a．とは　　　　　　　b．ことか　　　　　　c．ものか　　　　　　d．だけに

13．我が社は学歴、国籍（　　　　）、やる気のある人材を求めています。
　　a．もかまわず　　　　b．を問わず　　　　　c．からいって　　　　d．を抜いて

14．「再入国の手続きをするに（　　　　）必要な書類を教えてください」
　　a．おいて　　　　　　b．関して　　　　　　c．対して　　　　　　d．際して

15. 「お忙しい（　　　）、おじゃまして申し訳ありません」
　　　a．にあたって　　　　b．に際して　　　　c．ところを　　　　d．ところで

16. テストを受けてもらわない（　　　）、あなたのレベルがわかりません。
　　　a．上では　　　　　　b．ことには　　　　c．ものなら　　　　d．わりには

17. 周囲の期待が大きい（　　　）、失敗は許されない。
　　　a．ように　　　　　　b．ためで　　　　　c．だけに　　　　　d．ことから

18. あの幸せな子ども時代に戻れる（　　　）戻りたい。
　　　a．はずなら　　　　　b．ことには　　　　c．わりには　　　　d．ものなら

19. コンクールに入賞した（　　　）、木村さんは多くの人に知られるようになった。
　　　a．ことから　　　　　b．だけあって　　　c．ことだから　　　d．どころか

20. 生活が苦しくて、貯金をする（　　　）ない。
　　　a．ことでは　　　　　b．だけでは　　　　c．ものでも　　　　d．どころでは

21. 彼女とは仕事（　　　）の付き合いしかない。
　　　a．うえで　　　　　　b．うえに　　　　　c．じょう　　　　　d．ちゅう

22. 今日は忙しくて、食事をする（　　　）コーヒー1杯飲む時間さえなかった。
　　　a．ところで　　　　　b．ところが　　　　c．どころか　　　　d．ところ

23. 一度や二度失敗した（　　　）がっかりすることはない。
　　　a．からには　　　　　b．ところで　　　　c．からこそ　　　　d．ところが

24. あれほど努力した（　　　）、合格できなかった。
　　　a．だけあって　　　　　　　　　　b．にあたって
　　　c．もかまわず　　　　　　　　　　d．にもかかわらず

25. 今まで何度、仕事をやめようと思った（　　　）。
　　　a．ことか　　　　　　b．ことだ　　　　　c．ものか　　　　　d．ものだ

73 ～まい

接続 動詞の辞書形　ただし、Ⅱ、Ⅲグループはナイ形にも続く

意味 ①～するのはやめよう（否定の意志）（書き言葉）　主語は基本的には一人称：不打算～（否定的意志）（書面語）主語基本為第一人稱

1 人の忠告を聞こうとしない彼には、もう何も言うまい。

2 もう甘いものは食べまいと思っても、ついつい食べてしまう。

3 一気飲みなどというばかなことは二度とす（／する）まい。

4 彼女は涙を見せまいとして横を向いた。

1　對於聽不進別人的忠告的他，以後什麼也不想說了。
2　即使已經打算不再吃甜食了，但結果還是不知不覺地吃了。
3　一口氣喝光這樣愚蠢的事情絕不做第二回了。
4　她不想讓他人看見眼淚，轉向一旁。

意味 ②～ないだろう（否定の推量）（書き言葉）　主語は基本的には三人称：不會～吧（否定的推測）（書面語）主語基本為第三人稱

1 彼はきのうとても具合が悪そうだったから、今日のスポーツ大会には来るまい。

2 この程度の雨なら、川が氾濫する恐れはあるまい。

3 親は知るまいが、私は高校時代よくたばこを吸って先生に怒られたものだ。

4 私はもうそれほど長くは生きられまい。

＊ 飢えとはどんなものか、今の日本の子どもたちには理解できないのではあるまいか。（＝～ではないだろうか）（→ N1）

1　他昨天身體情況好像非常不好，所以今天的運動會不會來了吧。
2　這樣程度的雨的話，河水不會氾濫的吧。
3　父母大概不知道吧，我高中的時候經常抽菸被老師怒斥。
4　我已經活不了多久了吧。
＊　現在的日本孩子們不會理解飢餓是怎麼一回事吧。

74 ～ないではいられない／ずにはいられない

意味 どうしても～しないでいることができない／自然に～してしまう　主語は基本的には一人称：不由得～、自然地做～主語基本為第一人稱

接続 動詞のナイ形（ではいられない）　ただし、する＋ず→せず

1 もう真夜中だったが、心配で電話をしないではいられなかった。

2 驚いた彼の顔があまりにおかしかったので、失礼だとは思ったが、笑わないではいられなかった。

3 隣の家の騒音のひどさに、一言苦情を言わずにはいられなかった。

4 兄は最近酒を飲みすぎている。ストレスから飲まずにはいられないらしい。

5 人間は「見てはいけない」と言われると、かえって見てみずにはいられなくなるものらしい。

1　已經是深夜了，但是擔心到不得不打了電話。
2　他吃驚的面容真是太滑稽了，雖然很不禮貌，但還是忍不住笑了。
3　對鄰居家的噪音之嚴重，不由得抱怨了幾句。
4　哥哥最近喝酒過度。好像因為壓力忍不住喝了。
5　人一被告知「不許看」的話，好像反倒不由得想看了。

75 ～に限る

意味 ①～だけ（限定）：只～（限定）

＝ designer
デザイナー

1 デザイナー募集。経験者に限る。

2 65歳以上の方に限り無料です。

3 レポートはパソコンで書いたものに限ります。

4 昼休みに限って教室での飲食が認められている。

5 漢字を書く力が落ちているのは、若者に限ったことではない。

1　召集設計人員。只限有經驗者。
2　只限65歲以上者免費。
3　報告只限用電腦書寫。
4　只限午休期間可以在教室內飲食。
5　書寫漢字能力下降的不僅限於年輕人。

意味 ②主観的には〜が一番いいと思う：主觀上〜是最好的

接続 名詞／動詞の辞書形

🎧 **1** 冬は日本酒もいいが、夏はやっぱりビールに限る。

2 風邪を引いたときは、暖かくして寝るに限る。

3 スポーツは会場に行って見るに限ると思う。

1 冬天喝日本酒好，但是夏天還是啤酒最好。
2 感冒的時候最好把身體弄暖並睡覺。
3 我認為運動最好到賽場去看。

復習 〜とは限らない

・やせているからといって、体が弱いとは限らない。

・今日の対戦相手には1勝5敗と負け越しているが、今日も負けるとは限らないだろう。

・雖然是瘦，但不一定是虛弱。
・雖然對抗今天的比賽對手時，是1勝5負輸多勝少，但是今天也未必會輸吧。

---

76 〜に限らず

意味 〜だけでなく：不只限於〜

接続 名詞

🎧 **1** お申し込みは平日に限らず、土日でも受け付けております。

2 最近では夏に限らず冬でもアイスクリームがよく売れるようだ。

＊ テレビゲームに夢中になるのは子どもに限らない。

＊ 社長のやり方がおかしいと思っているのは、私に限るまい。

1 申請不僅限於平日，星期六、日也接受申請。
2 好像最近霜淇淋不只是夏天，冬天也賣得很好。
＊ 熱衷於電視遊戲的不僅僅是小孩子。
＊ 認為總經理的做法奇怪的不僅僅是我吧。

77 ～か～ないかのうちに

意味 すぐに、ほとんど同時に：馬上、幾乎同時

接続 動詞の【辞書形・タ形】(か) 動詞のナイ形 (かのうちに)

🎧 **1** デパートのドアが開くか開かないかのうちに、待っていた客たちはバーゲン会場に殺到した。

2 けがをしたところが治ったか治らないかのうちに、また同じところを切ってしまった。

3 始業ベルが鳴り終わるか終わらないかのうちに先生が教室に入ってきた。

1 百貨公司門剛打開，等待的顧客們就蜂擁而上衝進大拍賣的會場。
2 受傷的地方剛好，就又割破了。
3 上課鈴聲剛響完老師就進教室了。

---

78 ～（か）と思ったら／思うと

意味 すぐに、ほとんど同時に：馬上、幾乎同時

接続 動詞のタ形

🎧 **1** ラッシュ時には、前の電車が行ったかと思うと、もう次の電車が来る。

2 やっと試験が終わったかと思ったら、来週また試験があるそうだ。

3 富士山頂は雪が消えたと思うとすぐに初雪の季節になる。

4 非常ベルが鳴ったかと思うと電気が一斉に消えた。

1 尖峰時候，前面的電車剛開走後面的電車就來了。
2 才以為考試終於結束了，據說下週又有考試。
3 富士山頂的雪剛剛融化，馬上就到了初雪的季節。
4 警鈴剛響，電燈就一齊滅掉了。

79 〜に先立って／先立ち

意味 〜の前に：在〜之前

接続 名詞／動詞の辞書形

1 選手団の出発に先立って、激励会が開かれた。

2 記者会見に先立ち、講演要旨が配られた。

3 「試合開始に先立ち、国歌を演奏いたします」

4 今回のケースでは、噴火に先立つ地震が 48 時間続いた。

5 駅前の再開発を進めるに先だって、住民の意見を聞く会が開かれた。

1 選手團出發前，召開了送行會。
2 記者招待會前，分發了內容要旨。
3 「比賽開始前，演奏國歌。」
4 這次事件，在噴火前地震持續了 48 個小時。
5 進行站前更新之前，召開了居民意見座談會。

---

80 〜ずにすむ

意味 〜する必要がなくてよかった：沒有必要做〜真好

接続 動詞のナイ形　ただし、する＋ず→　せず

1 自転車で転んでけがをしたが、幸い手術はせずにすんだ。

2 カメラが壊れたが修理できた。新しいのを買わずにすんでよかった。

3 車で送ってもらったので、雨の中を歩かずにすんだ。

4 奨学金がもらえるなら、両親から仕送りをしてもらわずにすみそうだ。

1 從自行車上摔下來受傷了，但是幸好不需要做手術。
2 照相機壞了但是可以修理。不需要買新的真好。
3 有車送我所以不需要在雨中步行。
4 如果能拿到獎學金的話，就不需要父母寄生活費給我了。

済む

意味 ～だけで終わって、それ以上のことにならなかった：～就沒事了，沒有釀成更大的事

🎧 **1** 車とぶつかったが、幸い軽いけがですんだ。

2 修理の費用が思ったより安くすんでよかった。

3 おわびの手紙だけでは済まないだろう。弁償しなければ。

* 大声でどなったら気がすんだ。

1 撞車了，幸好只是受了輕傷。
2 修理費用比想像的少，真好。
3 僅是道歉信，是不能解決的吧。必須要賠償。
* 大吼之後，就舒暢了。

---

81 ～にしたら／すれば／しても

意味 ～の立場からいえば／いっても→ 気持ち、考え方：從～的立場來說的話→感受、想法

接続 立場を表す名詞

🎧 **1** 髪を茶色に染めることなど、私にしたら何でもないことだが、祖父母にすれば許せないことらしい。

2 会社の経営が苦しいことがわかっているので、組合側にしても大幅な賃金アップは要求できないだろう。

3 夫は転勤が多い。夫自身は好きで選んだ仕事だからいいだろうが、子どもにしたら、2年ごとに転校させられて嫌だと思っているだろう。私にしても、やむを得ないことと理解はしているが、引っ越しのたびに気が重い。

1 把頭髮染成褐色，對我來說倒沒有什麼，但是爺爺奶奶卻無法接受。
2 因為瞭解公司正慘澹經營，所以工會也無法要求大幅加薪吧。
3 丈夫多次調動工作。這工作是他喜歡才選的，所以他本人應該不以為意，但是以孩子的角度來看，每2年就要轉校很討厭吧。從我的立場來說，雖然理解這是迫不得已的事情，但是每次搬家心情都很沉重。

82 ～かねる

意味 ～できない：無法～

接続 動詞のマス形

1 息子は受験のプレッシャーに耐えかねて、体調を崩した。
2 父親は初孫を連れた娘の帰りを待ちかねて、駅まで迎えに行った。
3 「申し訳ございません。お客様のご希望には応じかねます」
4 情報が少なすぎて現場の状況がわかりかねた。
＊ ・見るに見かねて手伝う。 ・「皆さん、お待ちかねです」

1 兒子難以負擔考試的壓力，弄壞了身體。
2 父親等不及帶著長孫回來的女兒，到車站迎接去了。
3 「真對不起！您的要求我們無法接受。」
4 資訊太少難以瞭解現場的情況。
＊ ・實在看不下去了所以出手幫忙。 ・「大家久等了。」

---

83 ～かねない

意味 （一）の可能性がある→ だから心配だ：有負面的可能性→所以擔心

接続 動詞のマス形

1 この不況では、我が社も赤字になりかねない。
2 夫は仕事が忙しすぎて、過労死しかねない状態だ。
3 このまま両国間の緊張が長引けば、やがては国際紛争へと発展しかねない。
4 「ＡがＢをいじめたらしい」「ああ、Ａならやりかねないな」

1 這樣的不景氣下，我們公司也有可能虧損。
2 丈夫工作太忙了，處於可能過勞死的狀態。
3 兩國間的緊張狀態持續下去的話，不久就有可能發展成國際衝突。
4 「Ａ好像欺負了Ｂ。」「啊，Ａ的話有可能那樣。」

84 〜しだい

意味 〜したらすぐに　過去形の文にはならない：做〜之後馬上　不能是過去形的句子

接続 動詞のマス形

🎧 **1** 「向こうに着き<u>しだい</u>、電話してください」
   2 「皆_{みな}さんがそろい<u>しだい</u>出発しましょう」
   3 次の会合_{かいごう}は来月１日です。場所は決まり<u>次第_{しだい}</u>お知らせします。

  1　「一到那邊就請打通電話給我。」
  2　「大家一到齊就馬上出發吧。」
  3　下次聚會是下個月的１號。決定地點後馬上通知。

---

85 〜しだいで／だ

意味 〜によって違_{ちが}う／決まる、〜による：根據〜不同／決定、根據〜

〜しだいでは

意味 〜によっては…の場合_{ばあい}もある：根據〜也有……的情況

接続 名詞

  1 手術_{しゅじゅつ}するかどうかは検査_{けんさ}の結果_{けっか}<u>しだい</u>です。
🎧 **2** 「検査_{けんさ}の結果_{けっか}<u>しだいで</u>、手術_{しゅじゅつ}するかどうかを決めましょう」
🎧 **3** 「検査_{けんさ}の結果_{けっか}<u>しだいでは</u>手術_{しゅじゅつ}もあり得_えます」
  4 断る場合_{ばあい}でも、言い方_{ことわ　ばあい}<u>しだいでは</u>相手_{あいて}を傷_{きず}つけないですむ。
  5 宝_{たから}くじが当たるかどうかは運<u>次第_{うん}だ</u>。
  6 能力主義_{のうりょくしゅぎ}の会社では、仕事の成績<u>次第_{せいせき}で</u>給料_{きゅうりょう}に差_さがつく。

  1　是否動手術取決於檢查的結果。
  2　「根據檢查的結果，決定是否動手術吧。」
  3　「根據檢查的結果也有可能動手術。」
  4　就算要拒絕，看表達方式如何，可以不要傷害對方就能解決。
  5　能不能中彩券是看運氣的。
  6　在能力主義社會當中，根據工作的成績薪水有差別。

86 ～次第だ

意味 ～というわけだ（自分の行動の説明）（改まった表現）：是～的原因（自己的行為的説明）（鄭重的表現）

接続 動詞の名詞修飾形

1 父は来年定年ですが、うちには弟と妹がいます。私もアルバイトを減らしてもっと勉強したいと考えています。このようなわけで奨学金を申請する<u>次第</u>です。

2 その件について一応お耳に入れておこうと考え、お手紙を差し上げる<u>次第</u>です。

3 売り上げ予想とコストを考慮した結果、この製品の開発を断念した<u>次第</u>です。

1 父親明年就到了退休年齡，但是家裡有弟弟和妹妹。我也打算減少打工更努力地學習。因此申請獎學金。
2 關於這件事我想至少要向您報告一聲，所以寫信給您。
3 考慮了銷量預測和成本之後，放棄了這個產品的開發。

73 ・もう甘いものは＿＿＿＿＿＿＿＿＿と思っても、ついつい食べてしまう。

・彼はきのうとても具合が悪そうだったから、今日のスポーツ大会には＿＿＿＿＿

＿＿＿＿＿＿。

74 ・もう真夜中だったが、心配で電話を＿＿＿＿＿＿＿＿＿＿＿＿＿＿＿＿＿。

75 ・65 歳以上の方＿＿＿＿＿＿＿無料です。

・冬は日本酒もいいが、夏はやっぱり＿＿＿＿＿＿＿＿＿。

76 ・お申し込みは＿＿＿＿＿＿＿＿＿、土日でも受け付けております。

77 ・デパートのドアが＿＿＿＿＿＿＿＿＿＿＿＿＿＿、待ってい

た客たちはバーゲン会場に殺到した。

78 ・ラッシュ時には、前の電車が＿＿＿＿＿＿＿＿＿、もう次の電車が来る。

79 ・選手団の＿＿＿＿＿＿＿＿＿＿、激励会が開かれた。

80 ・カメラが壊れたが修理できた。新しいのを＿＿＿＿＿＿＿＿＿よかった。

・車とぶつかったが、幸い軽い＿＿＿＿＿＿＿＿＿。

81 ・髪を茶色に染めることなど、＿＿＿＿＿＿＿＿＿何でもないことだが、祖

父母＿＿＿＿＿＿＿＿＿許せないことらしい。

82 ・息子は受験のプレッシャーに＿＿＿＿＿＿＿＿＿、体調を崩した。

83 ・この不況では、我が社も赤字に＿＿＿＿＿＿＿＿＿。

84 ・「向こうに＿＿＿＿＿＿＿＿＿、電話してください」

85 ・「検査の結果＿＿＿＿＿＿＿、手術する＿＿＿＿＿＿＿を決めましょう」

・「検査の結果＿＿＿＿＿＿＿＿＿手術も＿＿＿＿＿＿＿＿＿」

86 ・その件について一応お耳に入れておこうと考え、お手紙を差し上げる＿＿＿＿＿

＿＿＿＿＿＿。

Unit 07 73 ～ 86　練　習

Ⅰ（　）にひらがなを1字ずつ書きなさい。

1. 昼休み（　　）限って教室での食事が認められている。

2. 心配で、電話をかけない（　　）（　　）いられなかった。

3. 始業のベルが鳴る（　　）鳴らない（　　）（　　）うちに先生が教室に入ってきた。

4. 車で送ってもらったので、雨の中を歩かず（　　）すんだ。

5. 男の子がピアスをするなど、祖父母（　　）したら、許せないことらしい。

6. 同じことを言っても、言い方しだい（　　）（　　）相手を傷つけずにすむ。

7. 同じことを言っても、言い方しだい（　　）相手の受け取る印象は変わる。

8. 非常ベルが鳴った（　　）と思うと、電気が一斉に消えた。

9. お申し込みは平日（　　）限ら（　　）、土日でも受け付けております。

10. 彼の表情があまりにおかしくて、笑わず（　　）（　　）いられなかった。

11. 試合開始（　　）先立ち、国歌が演奏された。

Ⅱ（　　　）の言葉を適当な形にして＿＿＿＿に書きなさい。

1. もう甘いものは＿＿＿＿＿＿＿＿まいと思っても、ついつい食べてしまう。（食べる）

2. 最近では夏に＿＿＿＿＿＿＿＿冬でもアイスクリームがよく売れるようだ。（限る）

3. 漢字を書く力が落ちているのは、若者に＿＿＿＿＿＿＿＿ことではない。（限る）

4. 雪は＿＿＿＿＿＿＿＿かと思うとすぐに消えてしまった。（積もる）

5. プレッシャーに＿＿＿＿＿＿＿＿かねて、体調を崩してしまった。（耐える）

6. 自転車で転んでけがをしたが、幸い手術は＿＿＿＿＿＿＿＿にすんだ。（する）

7. 向こうに＿＿＿＿＿＿＿＿しだい、電話してください。（着く）

8. （略）このようなわけで、奨学金を申請＿＿＿＿＿＿＿＿しだいです。（する）

9. デパートのドアが＿＿＿＿＿＿＿＿か＿＿＿＿＿＿＿＿かのうちに、待っていた客た
   ちはバーゲン会場に殺到した。（開く／開く）

10. この不況では、我が社も赤字に＿＿＿＿＿＿＿＿かねない。（なる）

11. 騒音のひどさに、一言苦情を＿＿＿＿＿＿＿＿にはいられなかった。（言う）

12. 駅前の再開発を＿＿＿＿＿＿＿＿に先だって、住民の意見を聞く会が開かれた。（する）

Ⅲ（　　　）に入るものとして、最も適当なものを一つ選びなさい。

1. 当社のクレジットカードは、入会から１年に（　　　）、会費が無料となります。
　　a．以来　　　　　　b．かぎり　　　　　c．あまり　　　　　d．ばかり

2. 赤ん坊は、今泣いていたかと（　　　）もう笑っている。
　　a．思い　　　　　　b．思って　　　　　c．思うと　　　　　d．思うなら

3. あの人ならそのようなひどいことを（　　　）と思います。
　　a．やりえない　　　b．やりがたい　　　c．やりかねる　　　d．やりかねない

4. 新薬の発売に（　　　）、大規模な調査が続けられている。
　　a．先立ち　　　　　b．こたえ　　　　　c．より　　　　　　d．かけ

5. ご注文の品が入り（　　　）ご連絡いたしますので、もう少しお待ちください。
　　a．とたん　　　　　b．ながら　　　　　c．しだい　　　　　d．と思ったら

6. あんな、まずくてサービスも悪いレストランには二度と行く（　　　）。
　　a．まい　　　　　　b．ものだ　　　　　c．しだいだ　　　　d．だろうか

7. 昔の女性は15歳になるかならないかの（　　　）結婚するのがふつうだった。
　　a．まえに　　　　　b．うちに　　　　　c．あたって　　　　d．際して

8. 来年度の給料を提示されたが、私はどうも納得（　　　）。
　　a．しきれる　　　　b．したがる　　　　c．しかねる　　　　d．しかねない

9. 何とか期限までに仕事を仕上げることができ、上司に（　　　）ほっとしている。
　　a．怒られかねず　　　　　　　　　　b．怒られずにすんで
　　c．怒られたにすぎず　　　　　　　　d．怒られなかったどころか

10. 頼み方しだい（　　　）あの人も手伝ってくれるかもしれない。
　　a．に　　　　　　　b．には　　　　　　c．で　　　　　　　d．では

11. 彼は忘れっぽいので、何度も念を押しておかないと忘れ（　　　）。
　　a．かねない　　　　b．きれない　　　　c．っこない　　　　d．たくない

12. どこが試験に出るのかと学生に聞かれた。そんなことを聞かれても（　　　）。
　　a．答えきれる　　　b．答えかねる　　　c．答えきれない　　d．答えかねない

13. 彼女はほしくないと言っているそうだが、それは彼女の本心（　　　）。
　　a．かのようだ　　　b．というものだ　　c．でしかない　　　d．ではあるまい

14. 雨の中で死にかけている子猫を見て、連れて（　　　）。
　　a．帰らないのではなかった　　　　　　b．帰ってはいられなかった
　　c．帰らないではいられなかった　　　　d．帰るわけにはいかなかった

15. 祖母の体調はお天気（　　　）だそうだ。雨の日は体のあちこちが痛いらしい。
　　a．しだい　　　　　b．かぎり　　　　　c．抜き　　　　　　d．以上

16. ストレスを解消するには、カラオケ（　　　）。
　　a．というものだ　　b．にすぎない　　　c．ばかりだ　　　　d．に限る

Ⅳ　後に続くものとして、最も適当なものを一つ選びなさい。

１．最近、外で遊ぶ子どもは、大都市に限らず（　　　　）。

　　ａ．いなかのほうが多い

　　ｂ．いなかより少ない

　　ｃ．いなかでは多い

　　ｄ．いなかでも少ない

２．空が暗くなってきたかと思ったら（　　　　）。

　　ａ．雨は降らないにちがいない

　　ｂ．雨が降らないこともない

　　ｃ．たちまち雨が降りはじめた

　　ｄ．雨が降ったどころではなかった

３．今回の試験の結果しだいでは（　　　　）。

　　ａ．卒業できない場合もあり得る

　　ｂ．卒業するに限る

　　ｃ．卒業できるに決まっている

　　ｄ．卒業できるかどうかが決まる

４．受け取り方しだいで、（　　　　）。

　　ａ．アドバイスを素直に聞くことができなかった

　　ｂ．先輩の言葉は非難にもなるし、忠告にもなる

　　ｃ．ストレスから病気になるかもしれない

　　ｄ．親の期待がストレスになってしまう

87 〜限り

意味 ①〜であれば（仮定、条件）：只要是〜（假定、條件）

接続 【動詞・イ形容詞・ナ形容詞】の普通体／【名詞・ナ形容詞】＋である

1 私たちが黙っている限り、この秘密を人に知られることはない。

2 学生である限り、校則は守らなければならない。

3 大きなミスをしない限り、村山選手の優勝は間違いないでしょう。

4 「よほどのことがない限り、出席します」

1 只要我們沉默的話，就不會有人知道這個秘密。
2 只要是學生，就必須要遵守校規。
3 只要不犯大失誤，村山選手就一定會獲勝的吧。
4 「要是沒有什麼特別的事，就會出席。」

意味 ②〜の範囲では→ 判断：在〜範圍→判斷

接続 動詞の【辞書形・夕形】

1 彼女の表情を見た限りでは、それほどショックを受けたようではなかった。

2 私が調べた限りでは、この虫は関東地方にはいないようだ。

3 この問題について書かれた本は、私の知る限り、ない。

＊ 日曜、祝日、休診。ただし、急患の場合はこの限りではない。

1 看她的表情，好像沒有受多大的打擊。
2 據我調查，關東地區好像沒有這種蟲子。
3 據我所知，沒有針對這個問題所寫的書。
＊ 週日、節日，停診。不過，急診患者不受此限。

意味 ③限界まで：儘量、盡可能

接続 名詞＋の／動詞の辞書形

1 力の限り戦おう。

2 命ある限り君を愛し続けることを誓う。

3 医者はできる限りのことをしたが、患者を助けることはできなかった。

4 体力の許す限り、この仕事を続けたい。

1 用盡全力奮戰吧。
2 我發誓只要我活著就會一直愛你。
3 醫生盡了全力，但是還是沒能拯救患者。
4 只要體力允許，想要一直工作下去。

88　〜に限って

意味　①〜の場合は（不思議に）…だ（多くの場合は不満な気持ち）：〜的場合（不可思議地）（很多的場合是不滿的心情）

接続　時を表す／人を表す名詞

🎧 **1**　宿題をして来なかった日に限って先生に当てられる。

　2　私がかさを持っていないときに限って雨が降るんだから！

　3　いつもは朝寝坊の夫がゴルフに行く日に限って早起きできるのは不思議だ。

　4　「だいじょうぶ、だいじょうぶ」と言う人に限って、何かあったときには頼りにならないことが多い。

1　只有在沒做作業的那天，才會被老師點名。
2　偏偏在我沒帶傘的時候才下雨！
3　總是睡懶覺的老公只有去打高爾夫的那天早起，真是不可思議。
4　嘴上掛著「沒關係，沒關係」的人，發生事情的時候通常不可靠。

意味　②信頼している人が〜するはずがない：信得過的人不可能〜

　1　あの山田さんに限って、無断欠勤するなんて考えられない。何かあったに違いない。

🎧 **2**　「えっ、うちの子が万引き？　まさか！　うちの子に限って……（〜するはずがない）」

1　那個山田先生，不可能會無故曠職。一定是有什麼事。
2　「哎，我們家孩子扒竊？不會吧！我家的孩子……（不會那麼做的）」

89　〜見えて

意味　①〜ようで、〜らしく（推量）：好像〜、似乎〜（推量）

接続　【動詞・イ形容詞・ナ形容詞】の普通体＋と

🎧 **1**　父は機嫌が悪いと見え（て）、朝から一言も口をきかない。

　2　そのお菓子がよほどおいしかったと見え（て）、子どもたちは一つ残さず食べてしまった。

　3　あの会社は景気がいいと見え（て）、夜遅くまで明かりがついている。

1　父親看上去好像心情不好，從早上到現在一句話都沒說。
2　那個糕點好像很好吃，孩子們一個沒剩都吃完了。
3　那間公司似乎景氣不錯，燈一直亮到深夜。

意味 ②〜ように見えるが、実はそうではない（逆接）：看上去好像是〜，但是實際上不是（逆接）

接続 〜ように／そうに 等

1 この料理は油っこそうに見えて、意外にあっさりしている。

2 一見悩みがないように見えて、実はいろいろな問題を抱えている人も多い。

3 あの会社は営業成績が良さそうに見えて、実は銀行から多額の融資を受けているらしい。

4 「彼女は子どもっぽく見えて、本当はとてもしっかりした人なんです」

＊ 犯人は駅のほうへ逃げたと見せて、反対方向へ逃げていた。

1 這道菜看上去好像很油，但意外地清淡。
2 很多人乍看好像是沒有煩惱，實際上有各種問題。
3 那家公司的營業業績好像很不錯，實際上好像從銀行貸了很多款。
4 「她看上去像個孩子，其實是個非常穩重的人。」
＊ 犯人假裝往車站的方向逃走了，實際上是逃往相反方向。

90 〜というと／いえば／いったら

接続 名詞 等

意味 ①〜という言葉を聞いて…を思い出す（連想、説明）：聽到〜想起了……（聯想、說明）

1 「来週の同窓会に佐藤先生はいらっしゃるかなあ」
　「佐藤先生といえば、今度本を出版なさるそうだよ」

2 「私は英語の発音が悪いので、よく誤解されるんですよ」
　「発音が悪いといえば、私も昔、こんな失敗がありましたよ」

＊ 「田中さん、具合が悪くて早退したそうですよ」
　「そう言えば、朝から顔色が悪かったですね」

1 「下週的同學會，佐藤老師來不來呢。」
　「說到佐藤老師，聽說最近要出書了。」
2 「我的英語發音不好，所以常被誤解。」
　「說到發音不好，我過去也有這樣的失敗。」
＊ 「聽說田中身體不舒服，早退了。」
　「這麼說來，他早上開始臉色就不好呢。」

意味 ②〜という言葉を聞くと、まず…を連想する（代表的な例をあげるときに用いる）：―
聴到〜，首先就聯想到……（舉出代表性的例子時使用）

1 日本料理というと、まずてんぷらやすしが思い浮かぶ。

2 「東京で若者の街と言ったら、そりゃあ渋谷に原宿だろう」

3 日本では花と言えば桜だ。

1　說到日本料理，首先想到的就是天婦羅、壽司。
2　「在東京，說到年輕人的地區，就是澀谷、原宿吧。」
3　在日本，說到花就是櫻花。

意味 ③〜について言えば（説明）：說到關於〜（說明）

1 なぜこの大学を選んだかというと、学習環境が整っているからです。

2 「ある大物政治家が……」「大物政治家というと橋本氏のことですか」

3 「お支払いは郵便為替でお願いします」「郵便為替と言いますと……」

4 そのときの彼の顔といったら、幽霊でも見たかのように真っ青だった。

5 恋人と別れたときの寂しさといったら、泣きたいぐらいだった。

1　說到為何選擇了這所大學，是因為學習環境好。
2　「有位名政治家……」「名政治家，說的是橋本先生嗎？」
3　「支付請用郵匯。」「所謂的郵匯是……」
4　說到那個時候的他的臉，就像是見了幽靈似的臉色蒼白。
5　說到與情人分手時候的寂寞，真是想哭。

意味 ④〜のときはいつも：〜的時候，總是

1 父は野球が大好きで、シーズン中はテレビと言えば野球中継ばかりだ。

2 私は雨女で、子どものころ、遠足と言うといつも雨が降ったものだ。

1　爸爸超級喜歡棒球，賽季時，電視都是棒球轉播。
2　我是個雨女，小時候，一說要遠足，就總是下雨。

91 ～といっても

意味 それは確かにそうだが、たいした程度ではない：確實是那樣，但是卻不是了不起的程度

接続 名詞／【動詞・イ形容詞・ナ形容詞】の普通体

1 「キムさん、大学でロシア語を勉強したそうですね」

　　「ええ、でも、勉強したといっても、初級レベルだけなんですよ」

2 「今度のアパートは駅から遠いのよ」

　　「でも、遠いといっても歩いて 15 分なんでしょ」

3 「駅の周辺は、昼間はにぎやかだといっても、夜は人通りが少ないんです」

4 このあたりは一戸建てが多い。しかし一戸建てといっても、敷地はせいぜい 90 平方メートルぐらいだ。

＊ 「週末は時々旅行に行くんです。といっても日帰りですけどね」

1　「聽說金小姐在大學學過俄語。」
　「嗯，但是，雖然學過，但也只是初級水準。」
2　「這次的公寓離車站遠。」
　「但是，雖然說遠，步行也只要 15 分鐘吧。」
3　「車站周圍，雖說白天很吵，但是夜裡人很少。」
4　這一帶獨門獨戶的房子有很多。但是，雖說是獨門獨戶，占地也只有 90 平方公尺左右。
＊　「週末偶爾去旅行。但也只是當天來回。」

92 ～にかけては

意味 ～の面では→　（＋）評価：在～方面→正面評價

接続 名詞

1 私は足の速さにかけてはだれにも負けない自信がある。

2 B 社のブランドはデザインにかけては定評がある。

3 歴史の知識にかけては、クラスで佐藤さんにかなう人はいない。

1　我在跑步速度方面，有不輸給任何人的自信。
2　B 公司的品牌在設計方面，有很好的評價。
3　在歷史知識方面，班上沒有人比得過佐藤。

93 〜か

意味 否、〜ない（反語）：否、不（反語）

接続 肯定の文末表現

1 「結婚しよう」「えっ、本気で言ってるの？」「こんなこと冗談で言える**か**」

2 「いくら頼まれたからといって、そんな詐欺みたいなこと、できる**か**」

3 「あなた、新人でしょ。先輩に向かって、そんな口のきき方があります**か**」

4 「だれがあなたの言うことなんか信じます**か**」

5 100年前に、人類が月に行く時代が来ると、だれが予想したであろう**か**。

1 「結婚吧。」「哎，此話當真？」「這種事情能開玩笑嗎？」
2 「無論怎麼被拜託，那種詐欺一樣的事情，能做嗎？」
3 「你是新人吧。對前輩用這種說話方式可以嗎？」
4 「誰相信你說的事啊！」
5 100年前，有誰能預料到人類登上月球的時代即將到來呢？

94 〜にしろ／せよ／しても

接続 名詞／【動詞・イ形容詞・ナ形容詞】の普通体　ただし、ナ形容詞現在形に「だ」はつかない

意味 〜であっても／〜と仮定しても、やはり→　意見、判断、評価　等：即使〜／即便假定是〜→意見、判斷、評價等

1 性格的には問題がある**にしても**、彼の優秀さを認めないわけにはいかない。

2 たとえ記事の内容が事実である**にせよ**、このようなプライバシーを書くのは問題だ。

3 どれほど忙しかった**にせよ**、電話をかけるぐらいの時間はあったはずだ。

4 優勝は無理**にしても**、1回戦ぐらいは勝ちたい。

1 即使性格上有問題，也不能不認可他的優秀。
2 即使報導的內容是事實，寫出這樣的隱私也是有問題的。
3 不論怎麼繁忙，應該還是有打電話的時間。
4 即便獲勝是不可能的，但是想贏得第一回合。

～にしろ／せよ／しても…にしろ／せよ／しても

意味 どちらも、どんな場合も：哪個都、任何情況都

🎧 **1** 「行くにしても行かないにしても、あした中に返事をしてください」
2 男にせよ女にせよ、最低限の家事はできたほうがいいと思う。
3 最近はNHKにしろ民放にしろ若者向けの番組が多く、不満を持つお年寄りが多いという。
* 我が家では何をするにしても、まず父の許しを得なければならないのです。
* 進学か帰国かまだ決めていないが、いずれにせよ、日本語能力試験は受けるつもりだ。

1 「不論去不去，明天之內請給答覆。」
2 男性也罷女性也好，我認為還是要會做最基本的家務事比較好。
3 最近，無論是NHK還是民營電視台，都有很多以年輕人為對象的節目，聽說有很多老人對此感到不滿。
* 在我家，無論做什麼，首先都必須得到爸爸的許可。
* 是升學還是回國，還沒有決定，總之，我打算參加日本語能力試驗。

---

95 （ただ）～のみ

意味 ～だけ（書き言葉）：只～（書面語）

接続 名詞／【動詞・イ形容詞】の普通体

🎧 **1** 野球の全国大会に出場できるのは1県に1校のみだ。
2 今はただ、父が無事であるよう、祈るのみです。
3 指導者はただ厳しいのみではいけない。それでは若者はついてこないだろう。
4 最近はペーパーテストのみではなく、面接も行う大学が増えた。
5 彼はただ人を殺したのみか（＝ばかりか）、その罪を人に着せようとした。
* T大学合格には、ただ努力あるのみ！

1 能夠參加棒球全國大賽的，一個縣只有一所學校。
2 現在只能祈禱父親能夠安然無事。
3 指導者不能只是嚴厲。不然年輕人就不會聽話了。
4 最近，不僅僅是筆試，進行面試的大學也增加了。
5 他不但殺人，還要把罪嫁禍於他人。
* 為了考上T大學，只有努力了。

96 （ただ）～のみならず

意味 ～だけではなく他(ほか)にも（書(か)き言葉(ことば)）：不但是～而且（書面語）

接続 名詞／【動詞・イ形容詞】の普通体／【名詞・ナ形容詞】＋である

1 黒澤監督(くろさわかんとく)の映画は日本国内のみならず、海外でも高い評価(ひょうか)を得(え)ている。

2 この機械(きかい)は性能(せいのう)が良いのみならず、操作(そうさ)も簡単(かんたん)だ。

3 木村教授(きむらきょうじゅ)は優(すぐ)れた研究者(けんきゅうしゃ)であるのみならず、立派(りっぱ)な教育者でもある。

4 彼は交通事故(こうつうじこ)を起こし、自分の右足(うしな)を失ったのみならず、相手にも大けがを負(お)わせてしまった。

5 あの国は気候(きこう)が穏(おだ)やかであるのみならず、人々も親切なので住みやすい。

6 今度の新車はただ機能的(きのうてき)であるのみならず、デザインにおいても優(すぐ)れている。

1 黑澤導演的電影不但在日本有名，而且在海外也得到了很高的評價。
2 這台機械不但性能好，而且操作簡單。
3 木村教授不但是名優秀的研究人員，還是名出色的教育者。
4 他引起了交通事故，不但失去了自己的右腳，還使對方受了重傷。
5 那個國家不僅氣候平穩，而且人們也很親切，宜於居住。
6 這次的新車不僅僅是性能好，設計上也很優秀。

97 ～にほかならない

意味 ～以外のものではない、確(たし)かに～だ（書(か)き言葉(ことば)）：沒有～以外的東西，確實是～（書面語）

接続 名詞／ため、から 等(など)

1 彼女が合格(ごうかく)したのは努力(どりょく)の結果(けっか)にほかならない。

2 親が子どもを叱(しか)るのは、子どもを愛(あい)しているからにほかならない。

3 新しい事業(じぎょう)の成功(せいこう)は、社員全員の努力(どりょく)の賜物(たまもの)にほかならない。

4 脳死(のうし)は人間(にんげん)の死(し)にほかならないと考える人が増えた。

5 夫(おっと)がたばこをやめたのは、妊娠(にんしん)した妻(つま)のためにほかならない。

1 她能夠合格，無非是努力的結果。
2 父母罵孩子，無非是因為愛孩子。
3 新事業的成功，是全體職員努力的結果。
4 越來越多人認為腦死代表人類的死亡。
5 丈夫戒菸，無非是為了懷孕了的妻子。

98 ～ざるを得ない

意味 どうしても～しなければならない（本当はしたくない）／～しないわけにはいかない（書き言葉）：不得不～（其實不想做）／不做～不行（書面語）

接続 動詞のナイ形　ただし、する→　せ

1 学校の規則なので、髪を切らざるを得ない。

2 未経験者だけで冬山に登るなど、無謀と言わざるを得ない。

3 今年は仕事が忙しいので、夏休みの海外旅行はあきらめざるを得ない。

4 新たな証拠が出てきた以上、彼女が犯人だと断定せざるを得ない。

1 因為是學校的規定，所以不得不剪了頭髮。
2 只有新手去冬天登山，不得不說是太莽撞了。
3 今年工作非常忙，所以不得不放棄暑假的海外旅行。
4 既然出現了新的證據，就不得不斷定她是犯人。

87　・私たちが＿＿＿＿＿＿＿＿＿＿＿＿＿、この秘密を人に知られることはない。

　　・私が＿＿＿＿＿＿＿＿＿＿＿＿＿、この虫は関東地方にはいないようだ。

　　・＿＿＿＿＿＿＿＿＿戦おう。

88　・宿題をして来なかった＿＿＿＿＿＿＿＿＿先生に当てられる。

　　・「えっ、うちの子が万引き？　まさか！　＿＿＿＿＿＿＿＿＿＿＿……」

89　・父は機嫌が＿＿＿＿＿＿＿＿＿＿＿＿＿、朝から一言も口をきかない。

　　・一見悩みがない＿＿＿＿＿＿＿＿＿、実はいろいろな問題を抱えている人も多い。

90　・「来週の同窓会に佐藤先生はいらっしゃるかなあ」

　　　「佐藤先生＿＿＿＿＿＿＿＿＿、今度本を出版なさるそうだよ」

　　・日本料理＿＿＿＿＿＿＿、まずてんぷらやすしが＿＿＿＿＿＿＿＿＿。

　　・なぜこの大学を選んだか＿＿＿＿＿＿、学習環境が整っている＿＿＿＿＿＿。

　　・父は野球が大好きで、シーズン中はテレビ＿＿＿＿＿＿＿＿＿野球中継＿＿＿＿＿

　　　＿＿＿＿＿＿。

91　・「キムさん、大学でロシア語を勉強したそうですね」
　　　「ええ、でも、＿＿＿＿＿＿＿＿＿＿＿＿＿＿、初級レベルだけなんですよ」

92　・私は足の＿＿＿＿＿＿＿＿＿＿＿＿＿だれにも負けない自信がある。

93 ・「いくら頼まれたからといって、そんな詐欺みたいなこと、＿＿＿＿＿＿＿＿＿」

94 ・＿＿＿＿＿＿＿＿＿忙しかった＿＿＿＿＿＿＿＿、電話をかけるぐらいの時間
はあったはずだ。

　　　・「＿＿＿＿＿＿＿＿＿＿＿＿＿＿＿＿＿＿＿＿＿＿、あした中に返事を

　　　してください」

95 ・野球の全国大会に出場できるのは１県に１校＿＿＿＿＿＿＿だ。

96 ・この機械は性能が＿＿＿＿＿＿＿＿＿＿＿＿、操作も簡単だ。

97 ・彼女が合格したのは努力の＿＿＿＿＿＿＿＿＿＿＿＿＿＿＿。

98 ・未経験者だけで冬山に登るなど、無謀と＿＿＿＿＿＿＿＿＿＿＿＿＿。

I　（　　）にひらがなを１字ずつ書きなさい。

1．宿題をして来なかった日（　　）限って先生に当てられる。

2．父は機嫌が悪い（　　）見えて、朝から一言も口をきかない。

3．日本料理（　　）いう（　　）、まずてんぷらやすしが思い浮かぶ。

4．この機械は性能が良いのみなら（　　）、操作（　　）簡単だ。

5．優勝は無理（　　）せよ、１回戦ぐらいは勝ちたいものだ。

6．今度のアパートは駅から遠い（　　）いって（　　）、歩いて 15 分だ。

7．B 社のブランドはデザイン（　　）かけては定評がある。

8．だれがあなたの言うことなんか信じます（　　）。

9．彼女が合格したのは努力の結果（　　）ほかならない。

10．学校の規則なので、髪を切らざる（　　）得ない。

11．彼はただ人を殺したのみ（　　）、その罪を人に着せようとした。

II　（　　　）の言葉を適当な形にして＿＿＿＿に書きなさい。

1．大きなミスを＿＿＿＿＿＿限り、村山選手の優勝は間違いないでしょう。（する）

2．私が＿＿＿＿＿＿＿限りでは、この虫は関東地方にはいないようだ。（調べる）

3．私がかさを持っていないときに＿＿＿＿＿＿＿雨が降るのはなぜだろう。（限る）

4．「冗談だろ」「こんなこと、冗談で＿＿＿＿＿＿＿か」（言える）

5．学生時代にロシア語を勉強＿＿＿＿＿＿＿といっても、初級レベルだけだ。（する）

6．今はただ、父が無事であるよう、＿＿＿＿＿＿＿のみです。（いのる）

7．木村教授は優れた＿＿＿＿＿＿＿のみならず、立派な教育者でもある。（研究者）

8．どれほど＿＿＿＿＿＿＿にしても、電話をかけるぐらいの時間はあったはずだ。

（忙しい）

9．この料理は油っこそうに＿＿＿＿＿＿、案外さっぱりしている。（見える）

10．佐藤先生と＿＿＿＿＿＿＿ば、今度本を出版なさるそうです。（いう）

11．今年の夏は忙しいので、海外旅行は＿＿＿＿＿＿＿ざるを得ない。（あきらめる）

12．私は足の＿＿＿＿＿＿＿にかけてはクラスでだれにも負けなかった。（速い）

Ⅲ （　　　　）に入るものとして、最も適当なものを一つ選びなさい。

1．風邪をひいた（　　　　）ただの鼻風邪で、病院へ行くほどではない。
　　a．としても　　　　b．に関しても　　　c．といったら　　　d．といっても

2．朝寝坊をしたときに（　　　　）、電車が遅れたりすることがある。
　　a．ともなって　　　b．かぎって　　　　c．よって　　　　　d．したがって

3．H社の車はそのエンジンの性能に（　　　　）は業界第1位だという。
　　a．わたって　　　　b．たいして　　　　c．くわえて　　　　d．かけて

4．学生生活は（　　　　）、テニスサークルに入り、友だちも増え、毎日が楽しい。
　　a．というと　　　　b．としたら　　　　c．としても　　　　d．といっても

5．お前、新人のくせになまいきだぞ。先輩に向かってそんな口のきき方が（　　　　）。
　　a．あるか　　　　　b．あるまい　　　　c．ないか　　　　　d．ないに限る

6．松井さんは一見冷たそうに（　　　　）、実はとても親切な人だ。
　　a．見えないが　　　b．見えれば　　　　c．見えて　　　　　d．見えると

7．最近のケータイはテレビが見られる（　　　　）、さいふ代わりにも使えるそうだ。
　　a．ばかりで　　　　b．のみならず　　　c．にかぎって　　　d．にともない

8．あの人は足の骨でも（　　　　）限り、休んだりしないだろう。
　　a．折る　　　　　　b．折った　　　　　c．折らない　　　　d．折らなかった

9．親が子どもに厳しくするのは、子どものためを思うから（　　　　）。
　　a．のほかない　　　　　　　　　　　b．にすぎない
　　c．にほかならない　　　　　　　　　d．にかぎらない

10．田中さんはランチ（　　　　）必ずカレーライスだ。
　　a．というより　　　b．からいえば　　　c．からいって　　　d．といえば

11．手術をするに（　　　　）しないに（　　　　）、回復までには時間がかかりそうだ。
　　a．して／して　　　　　　　　　　　b．しろ／しろ
　　c．より／より　　　　　　　　　　　d．よって／よって

12．パソコンの調子が悪くなり、たびたび仕事を中断（　　　　）。
　　a．するにほかからなかった　　　　　b．せざるを得なかった
　　c．するわけにはいかなかった　　　　d．するどころではなかった

13．試験の前に、できる（　　　　）の準備をしておきたい。
　　a．あまり　　　　　b．ばかり　　　　　c．かぎり　　　　　d．ほど

IV 後に続くものとして、最も適当なものを一つ選びなさい。

1. 大都会は危険だとよく言われるが、ここは夜遅く一人で歩かない限り（　　　）。
   - a．安全である
   - b．安全にすぎない
   - c．安全ではない
   - d．安全どころではない

2. 子どものころから、絵を描くことにかけては（　　　）。
   - a．だれにも負けない自信があった
   - b．自信がなくて嫌いだった
   - c．コンクールで何度も入賞した
   - d．先生が励ましてくれた

3. A 「あしたから海外旅行に行くのよ」
   B 「へえ、いいなあ。私も行きたいなあ」
   A 「といっても、（　　　）」
   - a．２週間のヨーロッパ旅行なのよ
   - b．美術館を中心に見て回るつもり
   - c．新しいスーツケースを買ったのよ
   - d．２泊３日のグアム旅行だけどね

4. 「あなたは、うちの子が友だちを誘って悪いことをしたとでもおっしゃりたいのですか。うちの子どもに限って、（　　　）」
   - a．おとなしいいい子に違いありません
   - b．おとなしいいい子であるとは限りません
   - c．そんなばかなことをするとは考えられません
   - d．そんなばかなことをしないとも限りません

5. よほどあわてていたと見え、彼女は（　　　）。
   - a．実は落ち着いた性格の持ち主である
   - b．事故にあうのではないかと心配だ
   - c．ろくに話も聞かずに走って行ってしまった
   - d．ふだんから注意されているのに一向になおらない

99 〜ては…〜ては…

意味 行為を（／状況が）繰り返している：行為、情況反覆出現

接続 動詞のテ形（は）動詞のマス形、動詞のテ形（は）動詞のマス形

1 雨が降ってはやみ、降ってはやみしている。

 **2** 書いては消し、書いては消しで、レポートがなかなか進まない。

3 冬休みは食っては寝、食っては寝（→食っちゃ寝、食っちゃ寝）で、３キロも太ってしまった。

1　雨下了又停，下了又停。
2　寫了又擦，寫了又擦，報告怎麼也進行不下去。
3　寒假的時候，吃了就睡，吃了就睡，胖了３公斤。

（注）「〜ては」一つだけで反復を表すこともある。

1 彼女は毎年海外旅行に行っては、珍しい織物を買って帰ってくる。

2 留学のために貯金をしているのだが、なかなかたまらない。貯金通帳を見ては
ため息をつく毎日だ。

（註）有時只用一個「〜ては」表示反覆。
1　她每年去海外旅行時，都會買稀奇的紡織品回來。
2　為了留學一直在存錢，卻總是存不了多少。每天看到存摺就唉聲嘆氣。

100 〜矢先に／の

意味 ①〜した直後：剛〜之後

接続 動詞のタ形

 **1** 日本へ来たやさきにバッグを置き忘れ、パスポートをなくしてしまった。

2 突然彼女が婚約解消を言い出した。式場を決めた矢先のことだった。

3 何度受験してもだめなので、あきらめようかと思った矢先に、合格通知が届いた。

1　剛來日本的時候就把提包忘在某處，弄丟了護照。
2　才剛決定好會場，她突然說要解除婚約。
3　考了好幾次都失敗了，就要放棄的時候，錄取通知書到了。

②〜しようとしたちょうどそのとき／する直前：正要〜的時候／之前

接続 **動詞の意志形＋とした**

🎧 **1** 電話をかけようとした<u>やさきに</u>向こうからかかってきた。

2 社内の不祥事を公表しようとした<u>矢先に</u>新聞に出てしまった。

3 オフィスを出ようとした<u>矢先に</u>課長に呼び止められた。

4 父が倒れたのは、退職祝いをしようとした<u>矢先の</u>ことでした。

1　正要打電話的時候，對方打過來了。
2　正要公佈公司內的舞弊事件的時候，報紙上就登出來了。
3　正要離開辦公室的時候，被科長叫住了。
4　正要慶祝他退休的時候，父親倒下了。

101　〜にとどまらず

意味 〜だけではなく→　もっと広い範囲に及ぶ：不但〜→涉及到更廣闊的範圍

接続 **名詞／動詞の辞書形／だけ**

1 熱帯雨林の減少の影響は、周辺地域<u>にとどまらず</u>、地球全体に及んでいる。

🎧 **2** そのアニメは子どもや若者<u>にとどまらず</u>、広く大人にも受け入れられた。

3 ゲームは子どもたちから読書や外遊びの時間を奪う<u>だけにとどまらず</u>、コミュニケーション能力の低下を招く恐れもある。

4 業績悪化のため、ボーナスが減額される<u>にとどまらず</u>、手当までカットされた。

1　熱帯雨林減少，不只對周邊地區造成影響，還波及到整個地球。
2　那個動畫片不僅限於孩子、年輕人，也受到了大人們的接納。
3　遊戲不僅剝奪了孩子們的閱讀、在外邊玩耍的時間，還有可能造成溝通能力的下降。
4　由於業績惡化，不僅是獎金減少了，津貼也被削減了。

とどまる

意味 〜の範囲をこえない：不超過〜的範圍

1 原油が値上がりしたが、物価全体の上昇は小幅なものに<u>とどまった</u>。

2 彼の野望は<u>とどまる</u>ところを知らなかった。

1　原油漲價了，但是整體物價只有小幅度上升。
2　他的野心沒有止境。

102 〜（に）は…が／けど
〜ことは…が／けど

意味 実際〜だが、問題があることを示す：實際上〜，但有問題

接続 【動詞・イ形容詞・ナ形容詞】の辞書形（は／には）【動詞・イ形容詞・ナ形容詞】の普通体（が／けど）／【動詞・イ形容詞・ナ形容詞】の名詞修飾形（ことは）【動詞・イ形容詞・ナ形容詞】の普通体（が／けど）

🎧 **1** 雨は降るには（／ことは）降ったが、たった3ミリだった。これでは水不足は解消しない。

2 「あなたの言いたいこともわかることはわかるけど……」

3 この道具は便利は便利だが、高すぎて売れないだろう。

4 「同窓会、行った？」「行ったことは行ったんだけど、風邪気味だったんで、30分ほどで帰ってきちゃったんだ」

1 雨下是下了，但是只有3公釐。這樣還是不能解決水荒的問題。
2 「你想說的事情明白是明白……」
3 這個工具方便是方便，但是太貴了不好賣吧。
4 「去同學會了嗎？」「去是去了，但是有點感冒，只待了30分鐘左右就回來了。」

---

103 〜からして

意味 〜をはじめとして他も全部：就從〜來說，其他全部也

接続 名詞

🎧 **1** 金持ちの彼女は持ち物からして私たちとは違う。

2 あの子は口のきき方からして反抗的だ。

3 君の論は前提からして間違っている。

4 そのホテルは大理石のロビーからして豪華だった。

1 有錢的她從帶的東西就與我們不同。
2 那個孩子從說話的態度來看就是不服管教的。
3 你的觀點從前提就是錯誤的。
4 那個飯店從它那大理石的大廳就很豪華。

104 〜というか…というか

意味 思いつくままに評価の言葉を並べる：按照所想的，一個接一個提出評價的詞彙

接続 名詞／【動詞・イ形容詞・ナ形容詞】の普通体（というか）名詞／【動詞・イ形容詞・ナ形容詞】の普通体（というか）　ただし、ナ形容詞現在形の「だ」は省略可

1 彼女はかわいい<u>というか</u>子どもっぽい<u>というか</u>、とにかく年よりはずいぶん若く見える。

2 「父は曲がったことが大嫌いな人です。くそまじめ<u>と言うか</u>融通が利かない<u>と言うか</u>……」

3 「山本のやつ、会社を辞めて自転車で世界一周旅行をするんだって。勇気がある<u>と言うか</u>無謀<u>と言うか</u>。でも、ちょっとうらやましいなあ」

1　她又可愛又像個孩子，總之看上去比實際年紀年輕多了。
2　「父親是個非常討厭歪門邪道的人。是過於認真呢還是死心眼呢……」
3　「聽說山本那傢伙辭了職，要騎自行車周遊世界。是有勇氣呢還是莽撞呢。不過，有點羨慕呢。」

---

105 〜にこしたことはない

意味 （もちろん）〜のほうがいい：當然是〜比較好

接続 名詞／【動詞・イ形容詞・ナ形容詞】の辞書形

1 「その仕事は経験がなくてもできますか」
「はい、経験はある<u>に越したことはありません</u>が、なくても大丈夫です」

2 家賃は安い<u>にこしたことはない</u>が、だからといって、駅から遠いのは困る。

3 アルバイトではなく正社員になれるのなら、それ<u>に越したことはない</u>。

4 インターネットでの買い物は、用心する<u>に越したことはない</u>。

1　「那個工作沒有經驗也能做嗎？」
　　「是的，有經驗是再好不過的了，但是沒有也沒關係。」
2　房租越便宜越好，但是離車站遠的話，有點為難。
3　要是能脫離臨時員工，成為正式員工的話，就再好沒有了。
4　網路購物小心點好。

106 ～（よ）うにも～ない

意味 ～したくてもできない：即使想做～也不能

接続 動詞の意志形（にも）動詞の可能形の否定形／その他の否定的表現

🎧 **1** 歯が痛くて食べようにも食べられない。

2 大雪で電車が止まってしまい、学校に行こうにも行けなかった。

3 体がだるくて起きようにも起きられず、会社を休んでしまった。

4 最近太りぎみなのだが、運動しようにも場所も時間もない。

5 働こうにもこの不況では、なかなか仕事が見つからない。

6 高熱が出たのだが、すぐに病院へ行こうにも、日曜でどこも休診だった。

1 牙疼，想吃也吃不了。
2 由於大雪，電車停運了，想去學校也去不了。
3 身體疲憊，想起也起不來，請假沒去上班。
4 最近感覺胖了，但是想要運動，既沒空間又沒時間。
5 即使想要工作，在經濟不景氣的時候，怎麼也找不到工作。
6 雖然發高燒了，但就算想要馬上去醫院，由於是週日，每間醫院都停診。

107 ～を踏まえ（て）

意味 ～を前提、根拠として→ 考える、作成する：以～為前提、根據→考慮、製作

接続 名詞

1 先行研究を踏まえて論文を書く。

🎧 **2** 「今回の失敗を踏まえて、次はどうすべきかを考えてみます」

3 会議では前回までの議論を踏まえ、さらに内容を深めた話し合いが行われた。

1 根據先行研究，寫論文。
2 「以這次的失敗為基礎，考慮一下下次應該如何做。」
3 會議根據過去的議論，進行更加深入的協商。

踏まえる

意味 力を入れて踏む：使勁踩

1 両足で大地を踏まえて立つ。

1 兩腳踏大地而立。

108　〜は…にかかっている

意味 〜かどうかは…しだいだ：是否〜取決於……

接続 名詞／〜かどうか（は）名詞／疑問詞…か（にかかっている）

🎧 **1** 合格できるかどうかは、これから1カ月のがんばりにかかっている。
2 契約の成否は、取引先がこの条件をどう考えるかにかかっている。
3 「ぼくが幸せになれるかどうかは、君の返事にかかっているんだ」
4 目的が達成できるかどうかは、事前準備がどれだけしっかりできたかにかかっている。
＊ 「このプロジェクトが成功するかどうかは、あなたの肩にかかっているんです」

1 能不能合格，取決於接下來一個月的努力。
2 契約能不能成立，取決於客戶對這個條件的想法。
3 「我能不能幸福，取決於你的答覆。」
4 能不能達到目的，取決於事前準備是否做得充分。
＊ 「這個企劃能否成功，就要看你了。」

109　〜（よ）うとする／している

意味 〜の直前である、今ちょうど〜しているところである（文学的な表現）：眼看就要〜的時候、現在正好是做〜的時候（文學表現）

接続（無意志）動詞の意志形（とする／している）

🎧 **1** 私が生まれたのは1960年、日本が高度経済成長の時代を迎えようとしている時期だった。
2 宇宙飛行士である妻が乗るロケットが、今、打ち上げられようとしている。成功を祈るばかりだ。
3 新しい年が明けようとしている。今年はどんな年になるだろうか。
4 「オリンピックの閉幕を迎え、20日間にわたって燃え続けた聖火が、今、消えようとしています」
5 病院では、生まれようとする命と消えようとする命の交代が、日々くり返されている。

1 我出生時的1960年，日本正要進入高度經濟成長的時代。
2 我的太空人妻子乘坐的火箭，現在正要升空，我只能祈禱成功了。
3 新的一年眼看就要到了。今年會是怎麼樣的一年呢。
4 「奧運會即將閉幕，燃燒了20天的聖火，現在就要熄滅了。」
5 在醫院，即將出生的生命和即將消逝的生命的交替，每天都在重複著。

110 ～（よ）うではないか

意味 一緒に～しよう（他者への呼びかけ）：一起做～吧（號召他人）

接続 動詞の意志形（ではないか）

1 「この問題について，みなで考え<u>ようではありませんか</u>」

2 一人一人がごみを減らす努力をし<u>ようではないか</u>。

🎧 **3** 「目標に向かってお互いがんばろ<u>うじゃないか</u>！」

1 「關於這個問題，大家一起思考一下吧。」
2 每個人都來努力減少垃圾吧。
3 「迎向目標，互相加油吧！」

99　・書い＿＿＿＿＿＿、書い＿＿＿＿＿＿で、レポートがなかなか進まない。

100　・日本へ＿＿＿＿＿＿＿＿＿＿＿バッグを置き忘れ、パスポートをなくしてしまった。

　　　・電話を＿＿＿＿＿＿＿＿＿＿＿＿＿＿＿向こうからかかってきた。

101　・そのアニメは子どもや＿＿＿＿＿＿＿＿＿＿＿、広く大人にも受け入れられた。

102　・雨は＿＿＿＿＿＿＿＿＿＿＿＿＿＿＿、たった 3 ミリだった。これでは水不足は解消しない。

103　・金持ちの彼女は＿＿＿＿＿＿＿＿＿＿私たちとは違う。

104　・彼女はかわいい＿＿＿＿＿子どもっぽい＿＿＿＿＿、とにかく年よりはずいぶん若く見える。

105　・家賃は＿＿＿＿＿＿＿＿＿＿＿が、だからといって、駅から遠いのは困る。

106　・歯が痛くて＿＿＿＿＿＿＿＿＿＿＿＿＿＿。

107　・「今回の＿＿＿＿＿＿＿＿＿＿、次はどうすべきかを考えてみます」

108　・合格できる＿＿＿＿＿＿＿＿、これから 1 カ月のがんばり＿＿＿＿＿

　　　＿＿＿＿＿＿。

109　・私が生まれたのは 1960 年、日本が高度経済成長の時代を＿＿＿＿＿＿

　　　＿＿＿＿＿時期だった。

110　・「目標に向かってお互い＿＿＿＿＿＿＿＿＿＿＿＿＿＿！」

Unit 09 99～110   練 習

Ⅰ （　）にひらがなを１字ずつ書きなさい。

1．雨が降って（　）やみ降って（　）やみしている。
2．電話をかけようとしたやさき（　）向こうからかかってきた。
3．熱帯雨林の減少の影響は、周辺地域（　）とどまらず、地球全体に及んでいる。
4．この道具は便利（　）便利だ（　）、高すぎて売れないだろう。
5．金持ちの彼女は持ち物（　）（　）して私たちと違う。
6．アルバイトではなく正社員になれるのなら、それ（　）越したことはない。
7．歯が痛くて食べよう（　）（　）食べられない。
8．先行研究（　）踏まえて論文を書く。
9．契約の成否（　）、取引先がこの条件をどう考える（　）（　）かかっている。
10．月に向かうロケットが、今、打ち上げられよう（　）している。
11．「目標に向かってお互いがんばろうじゃない（　）！」

Ⅱ （　）の言葉を適当な形にして＿＿＿＿に書きなさい。

1．新しい年が＿＿＿＿＿＿＿としている。（明ける）

2．彼女が突然婚約解消を言い出した。式場を＿＿＿＿＿＿＿やさきのことだった。

（決める）

3．なかなかお金がたまらない。貯金通帳を＿＿＿＿＿＿はため息をつく毎日だ。（見る）

4．会社の業績が悪化し、ボーナスが減額＿＿＿＿＿＿＿にとどまらず、手当までカットされた。（する）

5．雨は＿＿＿＿＿＿＿には＿＿＿＿＿＿＿が、たった３ミリだった。（降る／降る）

6．自転車で世界一周旅行をするなんて、勇気が＿＿＿＿＿＿＿と言うかなんと言うか……。（ある）

7．家賃は＿＿＿＿＿＿＿に越したことはないが、だからといって、駅から遠いのは困る。（安い）

8．大雪で電車が止まってしまい、学校へ＿＿＿＿＿＿にも＿＿＿＿＿た。

（行く／行く）

9．この問題について、みんなで＿＿＿＿＿＿＿ではありませんか。（考える）

10. オフィスを＿＿＿＿＿＿＿としたやさきに上司に呼び止められた。（出る）

Ⅲ （　　　）に入るものとして、最も適当なものを一つ選びなさい。

1．みんなが時間どおりに来なければ、練習を（　　　）にも始められない。
　　a．始め　　　　　　b．始めて　　　　　c．始めよう　　　d．始めた
2．田中さんのプランは、その発想（　　　）ユニークだ。
　　a．として　　　　　b．からして　　　　c．からには　　　d．にしても
3．定年退職して、さあこれから妻と二人で旅行でもと思っていた（　　　）、妻が交通
　　事故で亡くなってしまった。
　　a．ところで　　　b．あげくに　　　　c．やさきに　　　d．ばかりに
4．資格はある（　　　）が、たとえなくてもこの仕事をするのには困らない。
　　a．にこしたことはない　　　　　　b．にとどまらない
　　c．どころではない　　　　　　　　d．にほかならない
5．留学生活を通して得たものは、日本語習得（　　　）、人間的な成長や親からの自立
　　などいろいろあった。
　　a．にかけては　　　b．にしても　　　c．にかかわらず　　d．にとどまらず
6．この料理はおいしい（　　　）おいしいが、カロリーが高いからたくさんは食べられ
　　ない。
　　a．のに　　　　　　b．には　　　　　c．だけ　　　　　d．ものは
7．課題作文がなかなか進まず、（　　　）消し（　　　）消ししているうちに、朝にな
　　ってしまった。
　　a．書いても／書いても　　　　　　b．書いては／書いては
　　c．書こうが／書こうが　　　　　　d．書くなら／書くなら
8．今まさに水平線に（　　　）とする夕日を、カメラに収めることができた。
　　a．沈む　　　　　　b．沈んだ　　　　c．沈もう　　　　d．沈まぬ
9．「次の文章を読み、筆者の意見（　　　）あなたの意見を800字で述べなさい」
　　a．をふまえて　　　b．といえば　　　c．しだいで　　　d．にさきだって
10.「こんな大変なときには、みんなお互いに（　　　）」
　　a．助け合おうとしないか　　　　　b．助け合いたくてたまらない
　　c．助け合おうというものだ　　　　d．助け合おうではないか
11．夢がかなうかどうかは、その人がどれだけ努力したか（　　　）。
　　a．に決まっている　　　　　　　　b．しだいで決まる
　　c．というところだ　　　　　　　　d．にかかっている

12.「彼女のファッション、奇抜（　　　　）個性的（　　　　）、見ててあきないね」
　　a．というか／というか　　　　　　　b．といえば／といえば
　　c．というやら／というやら　　　　　d．というだの／というだの

IV　後に続くものとして、最も適当なものを一つ選びなさい。

1．夜中に急に虫歯が痛み出した。歯医者へ行こうにも（　　　　）。
　　a．診察の時間はとっくに終わっていた
　　b．急いでタクシーを呼んだほうがいい
　　c．薬局で痛み止めの薬を買った
　　d．痛みは朝までおさまらなかった

2．「そちらできのう、地震があったそうですね」
　　「ええ、揺れたことは揺れたのですが、（　　　　）」
　　a．家が壊れるかと思いました
　　b．食器棚の食器が全部落ちてしまいました
　　c．それにしては、被害は少ないようですよ
　　d．たいしたことはありませんでした

3．お金はあるに越したことはないと思うが、（　　　　）。
　　a．なさすぎるのも困るだろう
　　b．もちろん、あればあるほどいい
　　c．お金さえあればいいとは思わない
　　d．みんながあるとは限らない

I （　　）に助詞を書きなさい。（「から」のように２字入る場合もあります） ____
（1×25） 25

1. 富士山頂は雪が消えた（　　　　　）と思うと、すぐに初雪の季節になる。

2. 隣の家の騒音のひどさに、一言苦情を言わず（　　　　　）いられなかった。

3. レポートはパソコンで書いたもの（　　　　）限ります。

4. 男の子がピアスをするなど、祖父母（　　　　）したら、許せないことらしい。

5. 検査の結果しだい（　　　）手術もあり得る。

6. 「検査の結果しだい（　　　　）、手術するかどうか決めましょう」

7. 壊れたカメラが修理できたので、新しいのを買わず（　　　　）すんだ。

8. 日本料理（　　　）いう（　　　　），まずてんぷらやすしが思い浮かぶ。

9. 選手団の出発（　　　　）先だって、激励会が開かれた。

10. 上田教授は優れた研究者である（　　　　）ならず、立派な教育者でもある。

11. 歴史の知識（　　　）かけては、クラスで佐藤さんにかなう人はいない。

12. 親が子どもを叱るのは、子どもを愛しているから（　　　　）ほかならない。

13. 父は機嫌が悪い（　　　　）見えて、朝から一言も口をきかない。

14. 優勝は無理（　　　）せよ、１回戦ぐらいは勝ちたいものだ。

15. 学校の規則なので、髪を切らざる（　　　　）得ない。

16. けがをしたところが治った（　　　　）治らない（　　　　）のうちに、また同じところを切ってしまった。

17. 「だれがあなたの言うことなんか信じます（　　　）」

18. あの子は口のきき方（　　　）して反抗的だ。

19. 書いて（　　　）消し、書いて（　　　　）消しで、レポートがなかなか進まない。

20. 日本へ来たやさき（　　　）パスポートをなくしてしまった。

21. そのアニメは子どもや若者（　　　　）とどまらず、広く大人にも受け入れられた。

22. この道具は便利（　　　）便利だ（　　　　），高すぎて売れないだろう。

23. インターネットでの買い物は、用心する（　　　　）越したことはない。

24. 今回の失敗（　　　）踏まえて、次はどうすべきかを考える必要がある。

25. 合格できるかどうか（　　　　），これから１カ月のがんばり（　　　　）かかっている。

Ⅱ（　　　）の言葉を適当な形にして＿＿＿＿＿に書きなさい。（1×25）

25

1．あんなばかなことは二度と＿＿＿＿＿＿＿＿まい。（する）

2．非常ベルが＿＿＿＿＿＿＿＿かと思うと、電気が一斉に消えた。（鳴る）

3．彼の表情があまりにおかしかったので、＿＿＿＿＿＿＿＿にはいられなかった。（笑う）

4．父親は娘の帰りを＿＿＿＿＿＿＿＿かねて、駅まで迎えに行った。（待つ）

5．時間と場所は＿＿＿＿＿＿＿＿しだいお知らせします。（決まる）

6．最近では夏に　＿＿＿＿＿＿＿冬でもアイスクリームがよく売れるそうだ。（限る）

7．私がかさを持っていないときに＿＿＿＿＿＿＿＿雨が降るのはなぜだろう。（限る）

8．性格的には問題が＿＿＿＿＿＿＿＿にしても、彼が優秀であることは確かだ。（ある）

9．自転車で転んでけがをしたが、幸い手術は＿＿＿＿＿＿＿＿にすんだ。（する）

10．＿＿＿＿＿＿＿にせよ＿＿＿＿＿＿＿にせよ、あした中に返事をください。（行く／行く）

11．未経験者だけで冬山に登るなど、無謀と＿＿＿＿＿＿＿＿ざるを得ない。（言う）

12．私は足の＿＿＿＿＿＿＿＿にかけては自信がある。（速い）

13．彼女は一見冷たそうに＿＿＿＿＿＿＿＿、実はとても親切な人だ。（見える）

14．デパートのドアが＿＿＿＿＿＿＿＿か＿＿＿＿＿＿＿＿かのうちに、待っていた客たちはバーゲン会場に殺到した。（開く／開く）

15．＿＿＿＿＿＿＿＿限り、校則は守らなければならない。（学生）

16．大きなミスを＿＿＿＿＿＿＿＿限り、北島選手の優勝は間違いないだろう。（する）

17．夫は仕事が忙しすぎて、過労死＿＿＿＿＿＿＿＿かねない状態だ。（する）

18．私の国は今、内戦が終わって新しい時代を＿＿＿＿＿＿＿＿としている。（むかえる）

19．「冗談だろ」「こんなこと、冗談で＿＿＿＿＿＿＿＿か」（言える）

20．なかなかお金がたまらない。貯金通帳を＿＿＿＿＿＿＿は、ため息をつく毎日だ。（見る）

21．電話を＿＿＿＿＿＿＿＿としたやさきに、向こうからかかってきた。（かける）

22．雨は＿＿＿＿＿＿＿＿には＿＿＿＿＿＿＿＿が、たった3ミリだった。（降る／降る）

23．大雪で電車が止まってしまい、学校へ＿＿＿＿＿＿にも＿＿＿＿＿＿た。（行く／行く）

24．あの国は気候が＿＿＿＿＿＿＿＿のみならず、人々も親切なので住みやすい。（穏やか）

25．「この問題について、みんなで＿＿＿＿＿＿＿＿ではありませんか」（考える）

Ⅲ （　　　）に入るものとして、最も適当なものを一つ選びなさい。（2×25）

1．赤ん坊は、今泣いていた（　　　）もう笑っている。
　　a．かのうちに　　　　b．ながらも　　　　　c．かといえば　　　　d．かと思うと

2．彼女は平気だと言っているそうだが、それは本心（　　　）。
　　a．ではあるまい　　　　　　　　　　　　b．にすぎない
　　c．かのようだ　　　　　　　　　　　　　d．どころではない

3．あの人は足の骨でも（　　　）限り、練習を休んだりはしないだろう。
　　a．折る　　　　　　　b．折って　　　　　c．折った　　　　　d．折らない

4．「試合開始に（　　　）、国歌を演奏いたします」
　　a．はじめ　　　　　b．先立ち　　　　　c．こたえ　　　　　d．かまわず

5．どこが試験に出るのかと学生に聞かれた。そんなことを聞かれても（　　　）。
　　a．答えきれない　　　b．答え得ない　　　c．答えかねる　　　d．答えかねない

6．彼の表情があまりにおかしくて、（　　　）いられなかった。
　　a．笑っては　　　　　　　　　　　　　　b．笑わないでは
　　c．笑わずでは　　　　　　　　　　　　　d．笑わないのでは

7．彼女の表情を見た（　　　）では、それほどショックを受けたようではなかった。
　　a．うえ　　　　　　　b．際　　　　　　　c．限り　　　　　d．うち

8．「AがBをいじめたらしい」「ああ、Aなら（　　　）な」
　　a．やりかねる　　　　b．やりかねない　　c．やりっこない　　d．やりきれない

9．次の会合は来月1日です。場所は決まり（　　　）お知らせします。
　　a．上で　　　　　　　b．とたんに　　　　c．とともに　　　　d．しだい

10．君の論は前提（　　　）間違っている。
　　a．を問わず　　　　　b．といい　　　　　c．にかけても　　　d．からして

11．朝寝坊したときに（　　　）電車が遅れたりすることがある。
　　a．だけに　　　　　　b．よって　　　　　c．限って　　　　　d．ばかり

12．彼が合格したのは努力の結果に（　　　）。
　　a．とどまらない　　　b．限らない　　　　c．ほかない　　　　d．ほかならない

13．どれほど忙しかった（　　　）、電話をする時間ぐらいあったはずだ。
　　a．として　　　　　　b．にせよ　　　　　c．にしよ　　　　　d．にしては

14．一見悩みがないように（　　　）、実はいろいろな問題を抱えている人も多い。
　　a．見ようにも　　　　b．見かね　　　　　c．見えるまいが　　d．見えて

126

15. 私は絵をかくことに（　　　）ちょっと自信がある。
　　a．かけては　　　　　b．対しては　　　　　c．とっては　　　　　d．めぐっては

16. 田中選手は日本国内（　　　）、海外でも有名だ。
　　a．ばかりに　　　　　b．にかかわらず　　　c．のみならず　　　　d．というか

17. みんなが時間どおりに来なければ、練習を（　　　）始められない。
　　a．始めようにも　　　b．始めるにも　　　　c．始めてでも　　　　d．始めないでは

18. その時の寂しさと（　　　）、泣きたいぐらいだった。
　　a．といっても　　　　b．いうなら　　　　　c．いったら　　　　　d．というと

19. この料理は（　　　）おいしいが、こってりしているので、たくさんは食べられない。
　　a．おいしいだけに　　　　　　　　　　b．おいしいというか
　　c．おいしいにしても　　　　　　　　　d．おいしいことは

20. 髪を金色に染めることなど、祖父母（　　　）許せないことらしい。
　　a．といえば　　　　　b．にすれば　　　　　c．からして　　　　　d．に限り

21. 家賃は安い（　　　）が、だからといって、駅から遠いのは困る。
　　a．どころではない　　　　　　　　　　b．にとどまらない
　　c．にこしたことはない　　　　　　　　d．にほかならない

22. 車で送ってもらったので、雨に（　　　）。
　　a．ぬれずにすんだ　　　　　　　　　　b．ぬれかねなかった
　　c．ぬれざるを得なかった　　　　　　　d．ぬれようではないか

23. 今日は朝から雨が（　　　）やみ、（　　　）やみしている。
　　a．降ったり／降ったり　　　　　　　　b．降っては／降っては
　　c．降るには／降るには　　　　　　　　d．降るなら／降るなら

24. 男に（　　　）女に（　　　）、最低限の家事ぐらいはできた方がいい。
　　a．だの／だの　　　　b．しろ／しろ　　　　c．やら／やら　　　　d．も／も

25. 夢がかなうかどうかは、その人がどれだけ努力したか（　　　）。
　　a．を踏まえている　　　　　　　　　　b．にほかならない
　　c．に決まっている　　　　　　　　　　d．にかかっている

[尊敬表現]

① 〔名詞・お＋ナ形容詞の辞書形〕＋でいらっしゃる／

お＋イ形容詞のテ形＋いらっしゃる

・「こちらはＡ会社営業部の田村様でいらっしゃいます」

・「佐藤さんはスキーがお上手でいらっしゃるんですよ」

・「いつまでもお若くていらっしゃいますね。その秘密を教えていただけませんか」

・「這位是Ａ公司營業部的田村先生。」
・「佐藤先生很擅長滑雪喔。」
・「您一直都很年輕呢。可否告訴我其中的祕密呢？」

② 動詞のテ形＋おいでになる

・浅田教授は世界中の珍しい昆虫を集めておいでになるそうです。

・ 聽說淺田教授在收集世界上珍貴的昆蟲。

③ お＋動詞のマス形＋くださる／ご＋漢語名詞＋くださる

・「貴重なご本をお貸しくださるとのこと、感謝の言葉もございません」

・「ご丁寧にご指導くださり、まことにありがとうございました」

・「您肯借給我這麼珍貴的書，真是用言語也無法表達我的感謝之情。」
・「非常感謝您細心的指導。」

④ 召す　←（服を）着る、（風邪を）ひく、（年を）とる、（気に）入る

・「あのグレーのスーツをお召しの方はどなたですか」

・「風邪などお召しになりませんよう、お気をつけくださいませ」

・「この料理は柔らかいので、お年を召した方にも召し上がっていただけます」

・「使ってみてお気に召さない場合は、ご返品に応じます」

・「那位身穿灰色西裝的是哪位呢？」
・「請小心不要感冒了。」
・「因為這道菜非常軟嫩，年長者也能食用。」
・「試用過不喜歡的話，可以退貨。」

①動詞のテ形＋まいる

・「年をとってまいりますと、まず、体力が落ちてまいります」

・「ようやく暖かくなってまいりました今日このごろ、いかがお過ごしでしょうか」

・「一旦上了年紀，首先，體力會衰退。」

・「終於溫暖了起來，此時此刻您過得如何呢？」

②お＋動詞のマス形＋いただく／願う／申し上げる

ご＋漢語名詞＋いただく／願う／申し上げる

・「今日はお招きいただきまして、どうもありがとうございます」

・「明後日までにご返信いただければと思います」

・「お客様、恐れ入りますが、もう少しお詰め願えませんでしょうか」

・「我が社がお出しした案をご検討願えれば幸いに存じます」

・「なにとぞよろしくお願い申し上げます」

・「この報告書につきまして、私の方からご説明申し上げます」

・「非常感謝您今日的招待。」

・「希望您能在後天之前回信。」

・「客人，不好意思，能麻煩再稍微擠一點嗎？」

・「如果您能考慮敝公司提出的提案的話就太好了。」

・「懇請您多多關照。」

・「關於這份報告書，由我來為各位說明。」

③頂戴する　←もらう

④お目にかける／ご覧に入れる　←見せる

⑤お耳に入れる　←情報を伝える

⑥うけたまわる　←（注文、命令、依頼等を）聞く

⑦拝＿する　拝借、拝聴、拝読、拝受　等（拝見→ N3）

⑧「かしこまりました」　←「承知しました」

ていねいご
［丁寧語］

イ形容詞＋ございます

・高い（たかい）　→　（お）高う（たこう）ございます

・暑い（あつい）　→　（お）暑う（あつう）ございます

・広い（ひろい）　→　（お）広う（ひろう）ございます

・おいしい　→　おいしゅうございます　　よろしい　→　よろしゅうございます

練習 （　　　　）に入るものとして、最も適当なものを一つ選びなさい。

1．「皆様、車窓左手に、富士山が見えて（　　　　）」
   a．おいでです　　　　b．ございます　　　　c．まいりました　　　d．おりました

2．（重そうな荷物を持っている上司に）「私が（　　　　）」
   a．持ってさしあげます　　　　　　　b．持たせてください
   c．お持ちになります　　　　　　　　d．お持ちします

3．「配達してもらいたいんだけど、いつ着くかな？」
   「あさっての朝には（　　　　）と思います」
   a．お届けられる　　b．お届けできる　　c．お届けになる　　d．お届けされる

4．「山口様、お名前のほうは何と（　　　　）のでしょうか」「ハジメです」
   a．お読みになる　　　　　　　　　　b．お読み申しあげる
   c．お読みする　　　　　　　　　　　d．読んでいらっしゃる

5．（電話で）「注文は以上です」「ありがとうございました。私、山岡が（　　　　）」
   a．うけたまわりました　　　　　　　b．いただきました
   c．存じております　　　　　　　　　d．かしこまりました

6．「お口に合うかどうかわかりませんが、どうぞ（　　　　）ください」
   a．おあがり　　　　b．お召し　　　　c．おあがりして　　d．いただいて

7．「（　　　　）ものがございますので、これから持参いたします」
   a．お目に入れたい　　　　　　　　　b．ご覧していただきたい
   c．お目にかかりたい　　　　　　　　d．ご覧に入れたい

8．「料理関係の本はどこにありますか」「あちらの棚に置いて（　　　　）」
   a．いたします　　　　　　　　　　　b．なさいます
   c．ございます　　　　　　　　　　　d．いらっしゃいます

9．「お時間をご指定いただければ、こちらからお迎えに（　　　　）」
   a．あがります　　　b．申します　　　c．いたします　　　d．差し上げます

10．林田教授は認知心理学を研究して（　　　　）そうです。
   a．おる　　　　b．おいでになる　　　c．まいられる　　　d．おこしになる

11．「先生のご講演を（　　　　）、大変感銘を受けました」
   a．拝聴して　　　　　　　　　　　　b．お聞きしていただき
   c．お伺いさせて　　　　　　　　　　d．お耳に入れて

12. 「急がせて申し訳ないのですが、あしたまでにご返事（　　　）と思います」

    a．申し上げれば　　　b．差し上げれば　　　c．いただければ　　　d．なされば

13. 「お品物代と包装紙代ということで、合わせて1万円（　　　）いたします」

    a．拝受　　　　　　　b．お承り　　　　　　c．お受け　　　　　d．頂戴

14. 寒さの厳しい折、お風邪など（　　　）よう、お体ご自愛くださいませ。

    a．お召しになりません　　　　　　　　b．おかかりなさいません

    c．いただきません　　　　　　　　　　d．お召ししません

15. 「部長の奥様はお美しくて、お料理がお上手（　　　）そうですね」

    a．にいたす　　　　　b．でいらっしゃる　　c．おられる　　　　d．になされる

16. このEメールアドレスは、配信専用です。このメッセージにご返信なさらないようお
願い（　　　）。

    a．申し上げます　　　b．に存じます　　　　c．くださいませ　　d．に承ります

17. 「何かご不明な点が（　　　）、担当の者までお問い合わせください」

    a．おいでになりましたら　　　　　　　b．おありでしたら

    c．おられましたら　　　　　　　　　　d．おっしゃりたければ

18. 「林君、△△会社の木村専務とは面識があるかね」

    「いえ、お名前は（　　　）おりますが、まだお目にかかったことはありません」

    a．ご存じで　　　　　b．拝聴して　　　　　c．伺いして　　　　d．存じ上げて

19. 「この荷物、夕方まで預かってもらえますか」

    「はい、（　　　）」

    a．頂戴しました　　　　　　　　　　　b．拝借いたしました

    c．かしこまりました　　　　　　　　　d．お預かり申します

20. 「田舎料理ですけど、お口に合いますでしょうか」

    「大変（　　　）」

    a．おいしゅうございます　　　　　　　b．おいしいでございます

    c．おいしいくていらっしゃいます　　　d．おいしゅういただきました

耳感記憶

総合問題

N2　総合問題　Ⅰ

問題1　次の文の（　　　　）に入れるのに最もよいものを、a・b・c・dから一つ選びなさい。

1．運の悪い（　　　）に、外出先で携帯電話の電池が切れてしまった。
  a．もの　　　　　　b．ところ　　　　　c．わけ　　　　　　d．こと

2．忙しいとき（　　　）友だちから電話やらメールやらが来て困る。
  a．にあたって　　　b．に限って　　　　c．にせよ　　　　　d．はともかく

3．今年は多忙（　　　）、家族旅行をとりやめた。
  a．によって　　　　b．ながら　　　　　c．につき　　　　　d．ばかりに

4．「あれが嫌（　　　）これが嫌（　　　　）、わがままばかり言ってはだめ」
  a．だの／だの　　　b．もの／もの　　　c．でも／でも　　　d．やら／やら

5．サッカーに熱中する（　　　）成績が下がり、親に怒られてしまった。
  a．末　　　　　　　b．あげく　　　　　c．あまり　　　　　d．きり

6．あのタレントは若いが、歌も（　　　）ダンスも上手だ。
  a．うまいと　　　　b．うまいなら　　　c．うまかったら　　d．うまければ

7．都内に家が買える（　　　）買いたいが、私の年収では無理だろう。
  a．ものなら　　　　b．といっても　　　c．ことなら　　　　d．とともに

8．「ええっ？　あの成績のいい田中さんが不合格（　　　）」
  a．やら　　　　　　b．なんか　　　　　c．だもん　　　　　d．だなんて

9．対戦相手（　　　）、私たちにも決勝リーグへ進出できる可能性が出てきた。
  a．しだいで　　　　b．によって　　　　c．しだいでは　　　d．にしては

10．彼の後ろ姿にはどこかしら寂し（　　　）ところがあった。
  a．ぎみの　　　　　b．がちな　　　　　c．っぽい　　　　　d．げな

11. 案内図がわかりやすかったので、迷う（　　　　）目的地に行けた。
    a.　どころではなく　　　　　　　　　　b.　ことなく
    c.　わけなく　　　　　　　　　　　　　d.　だけでなく

12. 私が知っている（　　　　）のことはすべて警察に話しました。
    a.　ほどの　　　　　　b.　ついで　　　　　　c.　限り　　　　　　d.　に関する

13. クリスマスには子どもたちのリクエストに（　　　　）チョコレートケーキを焼いた。
    a.　こたえて　　　　　b.　沿って　　　　　　c.　もとづき　　　　d.　対して

14. 地域サークルの魅力は、年齢性別（　　　　）さまざまな人と交流できることです。
    a.　はともかく　　　b.　をはじめ　　　　　c.　を問わず　　　d.　もかまわず

15. 古い本は捨てろと言われたが、どれも愛着があって（　　　　）。
    a.　捨てがたい　　　b.　捨てがちだ　　　　c.　捨てっこない　　d.　捨てるまい

16. 最近は若い人（　　　　）、お年寄りもよくコンビニを利用するらしい。
    a.　を問わず　　　b.　もかまわず　　　　c.　にせよ　　　　　d.　に限らず

17. 体の調子が悪かった（　　　　）、彼は自己最高記録を出した。
    a.　にかかわらず　　　　　　　　　　　b.　にもかかわらず
    c.　のみならず　　　　　　　　　　　　d.　どころでなく

18. 証拠に基づいたものでない以上、彼の言っていることは推測（　　　　）。
    a.　とは限らない　　　　　　　　　　　b.　とは言いかねる
    c.　とは言えない　　　　　　　　　　　d.　にすぎない

19. 小説の続きがどうなるのか、授業中も気になって勉強（　　　　）。
    a.　するものではなかった　　　　　　　b.　しないではいられなかった
    c.　するどころではなかった　　　　　　d.　するべきだった

20. 「こんな時間に電話する（　　　　）。相手が迷惑するじゃないか」
    a.　ことじゃない　　b.　どころじゃない　　c.　もんじゃない　　d.　わけじゃない

問題2　次の文の___★___ に入る最もよいものを、a・b・c・d から一つ選びなさい。

1. 彼は ＿＿＿＿ ＿＿＿＿ ＿★＿ ＿＿＿＿ よく、本当にすばらしい学生だ。
   a. ばかりか　　　b. 成績が　　　　c. 人柄も　　　　d. よい

2. 今日は ＿＿＿＿ ＿＿＿＿ ＿★＿ ＿＿＿＿ とらないで仕事をした。
   a. ように　　　　b. すむ　　　　　c. 残業せずに　　d. 昼休みも

3. 環境問題への取り組み ＿＿＿＿ ＿＿＿＿ ＿★＿ ＿＿＿＿ 1,000 字で述べなさい。
   a. に関して　　　b. 経験　　　　　c. を踏まえて　　d. あなたの

4. いったん仕事を ＿＿＿＿ ＿★＿ ＿＿＿＿ ＿＿＿＿ 責任を持ってやりなさい。
   a. 最後まで　　　b. 以上は　　　　c. 辛くても　　　d. 引き受けた

5. さすが実力派 ＿＿＿＿ ＿＿＿＿ ＿★＿ ＿＿＿＿ 演技には観客を引きつける何かがある。
   a. 俳優　　　　　b. といわれる　　c. 彼の　　　　　d. だけあって

6. インターネットは便利だが、高価な物は ＿＿＿＿ ＿＿＿＿ ＿★＿ ＿＿＿＿ 買ったほうがよい。
   a. 上で　　　　　b. 自分で　　　　c. やはり　　　　d. 確かめた

7. 努力すれば ＿＿＿＿ ＿＿＿＿ ＿★＿ ＿＿＿＿ 得られるものです。
   a. 努力　　　　　b. 結果が　　　　c. に応じた　　　d. その

8. いつも通りの力が ＿＿＿＿ ＿＿＿＿ ＿★＿ ＿＿＿＿ ミスをしたのが悔やまれる。
   a. 試合だった　　b. 出せれば　　　c. 勝てる　　　　d. だけに

9. そのポスターをかく仕事、美術の勉強を ＿＿＿＿ ＿＿＿＿ ＿★＿ ＿＿＿＿ いただけませんか。
   a. させて　　　　b. している　　　c. やって　　　　d. 弟に

10. 祖母は今でこそパソコンを上手に利用しているが、3 年前まではさわったこと ＿＿＿＿ ＿＿＿＿ ＿★＿ ＿＿＿＿ ありさまだった。
    a. 電源の入れ方　b. わからない　　c. さえなく　　　d. からして

問題3 ____ に入る最もよいものを、**a・b・c・d**から一つ選びなさい。

1. 私はいつのころからか医者になることを目標 ▢1 がんばってきた。そして、将来は大学病院で働きながら経験を積みたいと思った。しかし、 ▢2 、都会ではなく離島や山村など医師のいないような所へ行き、病気で苦しんでいる人たちのために働け ▢3 とも考えていた。両親からすれば心配だっただろうが、そんな私をいつも見守り、励まして応援してくれた。だから、私もなんとしてでも、 ▢4 。

▢1 a. につき　　　　b. として　　　　c. にこたえ　　　　d. にむけ

▢2 a. その反対に　　b. そのことから　c. それに反して　　d. その一方で

▢3 a. ないものか　　b. ないことか　　c. ないじゃないか　d. ないわけだ

▢4 a. 自分の夢をかなえざるをえなかった
　　b. 医者になって両親を喜ばせたいと思った
　　c. 医者になるべきだったと思う
　　d. 両親を喜ばせて医者になった

2. もうすぐ成人の日です。二十歳 ▢1 、大雪の日に着物を着て成人式に行ったことを思い出します。当時祖母はすでに亡くなっていましたが、生きていたらどんなに ▢2 と思いました。二十歳はひとつの区切りですが、自分が大人になったなと思ったのはまだまだ先のことでした。それは仕事の責任が増したり、気の合わない人とでもきちんと接することができるようになったりしたと思ったときでした。年齢の ▢3 大人である ▢4 、なんとなく中途半端だった二十歳のころを懐かしく思い出しました。

▢1 a. はともかく　　b. といえば　　　c. にしては　　　　d. として

▢2 a. 喜んだかのようだ　　　　　　　b. 喜ばないではいられなかった
　　c. 喜んでくれたことだろう　　　　d. 喜びかねないのではないか

▢3 a. 上は　　　　　b. もとで　　　　c. ことに　　　　　d. 上では

▢4 a. ものの　　　　b. ことで　　　　c. べきで　　　　　d. わけも

問題1　次の文の（　　　　）に入れるのに最もよいものを、a・b・c・dから一つ選びなさい。

1．面接試験では緊張し（　　　　）、何とかすべての質問に答えることができた。
　　a．によって　　　　b．ながらも　　　　c．ように　　　　d．ぎみに

2．宗教（　　　　）の理由で、私は肉を口にしないことにしています。
　　a．どおり　　　　b．しだい　　　　c．ほど　　　　d．じょう

3．年末は大掃除（　　　　）正月の準備（　　　　）で大忙しだった。
　　a．やら／やら　　b．なら／なら　　c．も／も　　d．こと／こと

4．北極のような厳しい自然環境の（　　　　）も、さまざまな生物が生息している。
　　a．もとで　　　　b．うちに　　　　c．うえで　　　　d．しだいで

5．テニスは子どもから大人まで、その年齢に（　　　　）楽しめるスポーツだ。
　　a．かけて　　　　b．対して　　　　c．応じて　　　　d．基づいて

6．講義のときに座席が隣り合わせになった（　　　　）から、親しく話すようになった。
　　a．わけ　　　　b．もの　　　　c．こと　　　　d．ところ

7．きのう、劇場公開（　　　　）、関係者だけを集めた試写会が行われた。
　　a．につれて　　　b．に先立ち　　　c．とたんに　　　d．の最中に

8．「そちらに（　　　　）、電話をくださいませんか」
　　a．着いたとたん　　　　　　　　　b．着いたかと思うと
　　c．着いては　　　　　　　　　　　d．着きしだい

9．先方が譲歩しない（　　　　）、この条件では契約できない。
　　a．うえに　　　　b．かぎり　　　　c．なんか　　　　d．あまり

10．父のこと（　　　　）、私が一人旅をしたいと言ったら、きっと反対するだろう。
　　a．だから　　　　b．ながら　　　　c．はともかく　　　　d．から

11. エンジントラブルは、小さなことでも放っておくと、大事故に（　　　　）。
    a. つながりかねない　　　　　　　　　b. つながりようがない
    c. つながりっこない　　　　　　　　　d. つながりかねる

12. たばこは体に悪いからやめなさいと、何度注意（　　　　）。
    a. したものだ　　　b. したわけだ　　　c. したことか　　　d. だなんて

13. 何も意見がない（　　　　）、これで会議を終わります。
    a. ことには　　　　b. ようなら　　　　c. にしては　　　　d. うえで

14. 上司が部下に厳しくするのは、その部下を育てたいと思っているから（　　　　）。
    a. でしかない　　　　　　　　　　　　b. というものだ
    c. だけのことだ　　　　　　　　　　　d. にほかならない

15. 締め切りに間に合わせるためには、今晩は徹夜（　　　　）書き上げなければならない。
    a. してでも　　　　b. しながら　　　　c. にしろ　　　　d. しては

16. この仕事をやってしまわない（　　　　）、次の仕事に取りかかることはできない。
    a. ことにして　　　b. ことには　　　　c. というより　　　d. といっても

17. 「お忙しい（　　　　）おじゃまして、申し訳ありません」
    a. ところを　　　　b. ところで　　　　c. に際して　　　d. にあたって

18. 今回は入院は（　　　　）が、当分通院するように言われた。
    a. するまい　　　　　　　　　　　　　b. したところだ
    c. するだけあった　　　　　　　　　　d. せずにすんだ

19. 最近は、小学生はもちろん、祖父母の年代の人（　　　　）携帯電話を使うようになった。
    a. ぐらい　　　　　b. など　　　　　　c. まで　　　　　d. だけ

20. その試合のチケットを手に入れるのにとても苦労した（　　　　）、雨で中止になったのは残念だ。
    a. だけに　　　　　b. ばかりに　　　　c. ほど　　　　　d. ぐらい

問題2　次の文の＿★＿に入る最もよいものを、a・b・c・dから一つ選びなさい。

1. パソコンを買う ＿＿＿ ＿＿＿ ＿★＿ ＿＿＿ 、インターネットで調べてみた。
   a. 機種が　　　　　　　　　　　　b. いいか
   c. にあたり　　　　　　　　　　　d. どのメーカーの

2. 口で言うだけで実行が ＿＿＿ ＿＿＿ ＿★＿ ＿＿＿ 時間の無駄というものだ。
   a. それこそ　　　b. としたら　　　c. いない　　　　d. ともなって

3. 信号が青に ＿＿＿ ＿＿＿ ＿★＿ ＿＿＿ 、待っていた歩行者たちは一斉に歩きはじめた。
   a. かの　　　　　　b. 変わらない　　c. 変わるか　　　d. うちに

4. このあたりは ＿＿＿ ＿＿＿ ＿★＿ ＿＿＿ にスキー場がある。
   a. 雪が多い　　　b. あちこち　　　c. ちほう　　　　d. だけに

5. 連絡を ＿＿＿ ＿＿＿ ＿★＿ ＿＿＿ 知らなかった。
   a. にも　　　　b. さえ　　　　c. 名前　　　　d. 取ろう

6. 参加する ＿＿＿ ＿★＿ ＿＿＿ ＿＿＿ 早く出したほうがいい。
   a. 返事は　　　b. なるべく　　　c. しない　　　d. にかかわらず

7. 私はスポーツは ＿＿＿ ＿★＿ ＿＿＿ ＿＿＿ 自信がある。
   a. かけては　　　　　　　　　　　b. それほど
   c. 得意ではないが　　　　　　　　d. 体力に

8. あんなに仲が良かった ＿＿＿ ＿＿＿ ＿★＿ ＿＿＿ いったい何があったのだろう。
   a. あの二人が　　　b. なんて　　　c. 口もきかない　　d. 今では

9. 待ち合わせの場所をきちんと ＿＿＿ ＿＿＿ ＿★＿ ＿＿＿ 友だちと会えなかった。
   a. おかなかった　　b. 確認して　　c. けっきょく　　d. ばかりに

10. 役所の窓口で長時間 ＿＿＿ ＿＿＿ ＿★＿ ＿＿＿ 言われてしまった。
    a. 書類不備で　　　　　　　　　　b. あげく
    c. もう一度来るように　　　　　　d. 待たされた

問題3 ☐に入る最もよいものを、a・b・c・dから一つ選びなさい。

1. 今、うちの会社にアルバイトに来ている学生は本当にひどい。あいさつも満足に
☐ 1 ☐、平気で遅刻もする。あれではそのうち無断欠勤も ☐ 2 ☐。もちろん、
彼も就職活動の面接では、必死になって覚えた言葉をしゃべるのであろう。しかし、
表面だけ「 ☐ 3 ☐」「私はまじめな学生だ」といった表情を作っても、多くの面接
官はそれにだまされるほど甘くはない。今までの人生のすべてが外に現れる ☐ 4 ☐
と思ったほうがいい。

☐1☐ a. できなければ　　　　　　　　b. できると
　　 c. できなかったら　　　　　　　　d. できるばかりか

☐2☐ a. しかねる　　　b. するしだいだ　　　c. しかねない　　　d. するものだ

☐3☐ a. アルバイトをしたことがある　　　b. アルバイトをしたことはない
　　 c. 大学院に進学したい　　　　　　　d. この会社で働きたい

☐4☐ a. ことだ　　　　b. ものだ　　　　c. わけだ　　　　d. だけだ

2. 登校拒否の子どもたちの多くは、☐ 1 ☐怠けたがっている ☐ 2 ☐。朝になると、
頭では「起きなければ」と ☐ 3 ☐、どうしても体が動かないのだ。こんなとき、「が
んばれ」とはげますのは逆効果になることがある。だいたい、日本人は学校の先生に
☐ 4 ☐、まじめな人間が多く、自分にも他人にもつい無理をさせ、その結果、か
えって病状を悪化させてしまったりするのだ。

☐1☐ a. どうして　　　b. まったく　　　c. やはり　　　d. けっして

☐2☐ a. わけにはいかない　　　　　　　b. わけではない
　　 c. わけがない　　　　　　　　　　d. わけに相違ない

☐3☐ a. 思うことが　　　　　　　　　　b. 思いしだいで
　　 c. 思いながらも　　　　　　　　　d. 思うのみならず

☐4☐ a. 限って　　　　b. 限り　　　　c. 限らないで　　　d. 限らず

問題1　次の文の（　　　　）に入れるのに最もよいものを、a・b・c・dから一つ選びなさい。

1．工事の中止か継続か（　　　　）、住民と役所が争っている。
　　a．をもとに　　　　b．をめぐり　　　　c．に対し　　　　d．により

2．樹齢<ruby>樹齢<rt>じゅれい</rt></ruby>1,000 年を越える<ruby>大木<rt>たいぼく</rt></ruby>が、今、（　　　　）としている。
　　a．たおれよう　　b．たおれる　　　c．たおれて　　　d．たおれまい

3．「あなた（　　　　）、いっしょに行きませんか」
　　a．もかまわず　　　　　　　　　b．から見ると
　　c．こそよければ　　　　　　　　d．さえよかったら

4．この計画（　　　　）練習すれば、1カ月後には効果が出てくるだろう。
　　a．を通じて　　　　b．をこめて　　　c．に沿って　　　d．にともなって

5．引き受ける（　　　　）断る（　　　　）、私はあなたが決めたことに従います。
　　a．とか／とか　　　　　　　　　b．やら／やら
　　c．しろ／しろ　　　　　　　　　d．にせよ／にせよ

6．たった1回遅刻した（　　　　）、皆勤賞をもらえなかった。
　　a．ばかりか　　　b．ばかりに　　　c．ところを　　　d．ところで

7．今日は時間があまりないので、あいさつ（　　　　）すぐに乾杯しましょう。
　　a．のかわりに　　b．はもちろん　　c．を初めとして　　d．は抜きにして

8．彼は大勢の知り合いから金を借りた（　　　　）、突然行方不明になってしまった。
　　a．あげく　　　　b．一方で　　　c．のを契機に　　　d．に限らず

9．田中さんは明るく社交的な感じに見えて、実は（　　　　）。
　　a．友だちも多い　　　　　　　　b．私は好きになれない
　　c．神経質なところもある　　　　d．ちょっとうるさいぐらいだ

10. たった１週間でこれだけの本を読んでレポートを書くなんて、私には（　　　）。
   a. できっこない　　　b. やりかねない　　　c. しそうもない　　　d. あり得ない

11. 熱のせいか足元がふらふらして、雲の上を歩いている（　　　）。
   a. ばかりだ　　　　　b. ほどだ　　　　　　c. かのようだ　　　　d. かもしれない

12. 考え（　　　）決めたことだから、最後までがんばるつもりだ。
   a. きって　　　　　　b. とおして　　　　　c. ついて　　　　　　d. ぬいて

13. 親なら親らしく、もっと子どものことを考えてやる（　　　）。
   a. だけだ　　　　　　b. べきだ　　　　　　c. わけだ　　　　　　d. しだいだ

14. 環境汚染は陸上（　　　）海の底にまで及んでいるそうだ。
   a. というより　　　　b. に先立って　　　　c. にとどまらず　　　d. のやさきに

15. お手紙を（　　　）ながらお返事も差し上げず、大変失礼いたしました。
   a. くださり　　　　　　　　　　　b. 受け取りになり
   c. おもらいいたし　　　　　　　　d. ちょうだいし

16. どちらのアパートを借りるか悩んでいる。便利さ（　　　）Ａのほうだが、家賃の
   安さ（　　　）Ｂのほうがいい。
   a. から言うと／から言うと　　　　b. というか／というか
   c. と言えば／と言えば　　　　　　d. にしたら／にしたら

17. 助けを（　　　）にも、口にタオルを押し込まれていて声が出せなかった。
   a. 呼ぶ　　　　　　　b. 呼ぼう　　　　　　c. 呼びたい　　　　　d. 呼べそう

18. シャワーのお湯を（　　　）にして頭を洗うのは、水のむだづかいだ。
   a. 出してばかり　　　b. 出したきり　　　　c. 出しっぱなし　　　d. 出しっこ

19. 最新型のビデオカメラを買ったのだが、一度使った（　　　）、その後はずっと使っ
   ていない。
   a. すえ　　　　　　　b. まま　　　　　　　c. あげく　　　　　　d. きり

20. 日本での就職を決めた（　　　）国の父が倒れ、帰国するかどうか、悩んでいる。
   a. やさきに　　　　　b. ばかりで　　　　　c. にあたって　　　　d. さいに

問題2　次の文の＿★＿に入る最もよいものを、a・b・c・dから一つ選びなさい。

1．来月10日に、入社3年目の ＿＿＿ ＿＿＿ ＿★＿ ＿＿＿ を開きます。
　　a．研修会　　　　　　b．対象　　　　　　c．とした　　　　　　d．社員を

2．どんなに ＿＿＿ ＿＿＿ ＿★＿ ＿＿＿ はありません。
　　a．ところで　　　　　　　　　　　b．お引き受けする
　　c．頼まれた　　　　　　　　　　　d．つもり

3．給料は ＿＿＿ ＿＿＿ ＿★＿ ＿＿＿ が、それよりも仕事の内容のほうが重要
だ。
　　a．ことは　　　　　　b．高いに　　　　　c．ない　　　　　　d．こした

4．あんな ＿＿＿ ＿＿＿ ＿★＿ ＿＿＿、着くまでにけがをするだろう。
　　a．電車に　　　　　　b．ものなら　　　　c．乗ろう　　　　　d．込んだ

5．雨は ＿＿＿ ＿＿＿ ＿★＿ ＿＿＿ で、洪水になる恐れも出てきた。
　　a．どころか　　　　　b．ばかり　　　　　c．やむ　　　　　　d．強くなる

6．正月に帰省 ＿＿＿ ＿★＿ ＿＿＿ ＿＿＿ にかかっている。
　　a．できる　　　　　　b．進み具合　　　　c．かどうかは　　　d．仕事の

7．体の弱かった ＿＿＿ ＿＿＿ ＿★＿ ＿＿＿ 想像しただろうか。
　　a．オリンピック選手に　　　　　　b．私が
　　c．だれが　　　　　　　　　　　　d．なるなんて

8．私の留学に反対している ＿＿＿ ＿＿＿ ＿★＿ ＿＿＿ 毎日考えている。
　　a．親を　　　　　　b．できないものか　c．説得　　　　　　d．なんとか

9．あの立派な政治家 ＿＿＿ ＿＿＿ ＿★＿ ＿＿＿ そんな不正をするはずがない。
　　a．鈴木氏　　　　　b．有名な　　　　　c．に限って　　　　d．として

10．今どき ＿＿＿ ＿＿＿ ＿★＿ ＿＿＿ 就職は難しいだろう。
　　a．ないのでは　　　b．パソコンも　　　c．運転免許も　　　d．できなければ

問題3 □□□ に入る最もよいものを、a・b・c・d から一つ選びなさい。

1. 以前は、多くの日本企業は、大学教育に実務的な能力の養成を期待してはいなかったようだ。基礎的な教養を備えた学生を採用し、仕事を ☐1☐ 上で必要な知識は就職後の社内研修で習得させる、というのが一般的なやり方であった。☐2☐ 、最近の企業は収益を上げることにのみ目を向けているようだ。新入社員教育 ☐3☐ 、即戦力がほしい、大学はもっと実際的なことを ☐4☐ 、というわけだ。しかし、大学で教養を身に付けられないとすると、どこで身に付ければいいのだろうか。

☐1☐ a. 進めた   b. 進めて   c. 進める   d. 進めたい

☐2☐ a. したがって   b. それとも   c. その上   d. ところが

☐3☐ a. どころか   b. どころではない
   c. だけのことはある   d. 思うのみならず

☐4☐ a. 教えざるを得ない   b. 教えるべきだ
   c. 教えるに越したことはない   d. 教えずにはいられない

2. 私は散歩が好きで、ひまがあると家の近所をぶらぶらする。近所と言っても、バスで初めての街まで行って歩くこともあるから、散歩 ☐1☐ ほとんど遠足である。そんな「遠足」をしていたある日、空が暗くなってきた ☐2☐ 、突然激しい雨が降りはじめた。雨にぬれるの ☐3☐ 歩いているうちに道に迷ってしまい、家に着いたのは2時間後。6月 ☐4☐ 気温が低かったせいで高熱を出してしまった。しかし、家族に心配をかけたのは悪かったが、この趣味はやめられそうもない。

☐1☐ a. に際して   b. どころか   c. というより   d. の上に

☐2☐ a. うちに   b. に沿って   c. かと思うと   d. ところが

☐3☐ a. も知らずに   b. もかまわず
   c. どころではなく   d. にこたえて

☐4☐ a. にしては   b. にしろ   c. につき   d. にかかわらず

機能語索引（50音順）

* 左から見出し語、見出し語番号（「復」は復習）、ページ。

耳感記憶

解　答

Unit 01 練習 (P.22)

I
1. に
2. と
3. は
4. の
5. に
6. なんだ
7. から
8. か
9. の
10. か
11. で
12. に
13. は
14. で
15. か

II
1. 行く
2. おどろいた
3. 学生だった
4. 急ぐ
5. 休む
6. 見た
7. 聞く
8. ゆうしゅうな／ゆうしゅうである
9. いく
10. 見た
11. した
12. 書く
13. ほうふな／ほうふである
14. なる
15. 遊んで

III
1. もの
2. こと
3. もの
4. もの
5. こと
6. こと
7. もの
8. こと
9. もの
10. もの
11. こと
12. もの
13. こと、もの
14. もの

IV
1. d
2. b
3. d
4. a
5. b
6. b
7. a
8. c

V
1. b
2. d
3. c
4. a

Unit 02 練習 (P.34)

I
1. まで／さえ
2. でも
3. さえ、ば
4. を
5. を
6. を、に
7. に
8. が
9. に
10. と
11. ながら

II
1. にとって
2. にともなう
3. において
4. として
5. にもとづいて
6. に対して
7. をめぐって／をめぐり
8. に沿って
9. に応じて
10. における
11. に対して
12. にともなって
13. として
14. に応じた

III
1. して
2. 言い
3. 込んで
4. めぐって
5. 沿った
6. して
7. 若い
8. 働き
9. ねむくて
10. ぬき

IV
1. b
2. d
3. d
4. a
5. c
6. c
7. b
8. c
9. a
10. d
11. a

V
1. d
2. a
3. b

Unit 03 練習 (P.45)

I
1. に
2. の
3. やら、やら／だの、だの／とか、とか
4. を
5. に
6. は
7. の、で
8. に
9. に、は
10. やら
11. も、ば、も
12. の、に
13. だの、だの

II
1. 信じ
2. あり
3. 歌う、踊る
4. 進める
5. 住んでいた／住んでいる
6. なる
7. 良けれ、良く
8. やむを得ず
9. 寒い、降っている

III
1. d
2. b
3. d
4. c
5. b
6. a
7. d
8. a
9. b

IV
1. c
2. b
3. a

まとめテスト 1 (P.47)

I
1. に
2. も、ば、も
3. か
4. に
5. は
6. か
7. で
8. を
9. に
10. でも
11. に
12. を、に
13. に
14. さえ
15. を
16. は
17. やら、やら／だの、だの／とか、とか
18. が
19. に
20. まで
21. に
22. に／と
23. の、で
24. と
25. を

II
1. 見た
2. 進める
3. した
4. する
5. 豊富な／豊富である
6. 頼って
7. 言い
8. 警察官であり
9. 歌う、踊る
10. あり
11. 出て
12. 沿った
13. 聞く
14. 話し合った
15. 抜き
16. 会って
17. 働き
18. じょうぶで、あれ
19. 込んで、いなけれ
20. 捨て
21. めぐる
22. おとろえる
23. して
24. 得意なら

25. こない

Ⅲ
1. b
2. b
3. a
4. d
5. b
6. c
7. a
8. d
9. d
10. b
11. a
12. c
13. c
14. c
15. a
16. a
17. c
18. d
19. d
20. b
21. d
22. c
23. d
24. a
25. a

Unit 04 練習 (P.59)

Ⅰ
1. っこ
2. きり
3. げ
4. とは
5. に
6. より
7. に
8. にも
9. の

Ⅱ
1. 立ち
2. おさめる
3. 楽し
4. なやんだ
5. 当たった
6. 出かけた
7. わかり
8. できる
9. 気をつけていた
10. 残念
11. 急ぐ／急いだ

Ⅲ
1. c
2. b
3. a
4. a
5. d
6. b
7. c
8. b
9. a
10. d
11. a

Ⅳ
1. d
2. b
3. c

Unit 05 練習 (P.69)

Ⅰ
1. に
2. を、に
3. を
4. も
5. の、に
6. に
7. かの
8. から
9. を
10. で

Ⅱ
1. 考えた
2. あたって
3. 選ぶ
4. 来た
5. 信じた
6. やり
7. 大金持ちである
8. した

Ⅲ
1. d
2. a
3. d
4. c
5. c
6. b
7. a
8. c
9. a
10. b
11. d

Ⅳ
1. b
2. d
3. a

Unit 06 練習 (P.79)

I
1. こと
2. もの
3. こと
4. こと
5. こと
6. もの
7. こと
8. もの
9. こと
10. もの

II
1. 行き、上がる
2. やり直せる
3. 試合だった
4. ほめる
5. 有名な
6. 見た
7. 来ない
8. うれしかった
9. 書いた
10. 食べる
11. しよう、悪かろう

III
1. c
2. d
3. b
4. b
5. c
6. a
7. d
8. c
9. a
10. d

IV
1. a
2. b
3. d
4. a
5. c

まとめテスト 2 (P.82)

I
1. に
2. の
3. きり
4. より
5. に
6. の
7. を、に
8. に
9. の、に
10. か
11. を
12. にも
13. に
14. も
15. に
16. に
17. を
18. か
19. から
20. と
21. の
22. と
23. だけ
24. か
25. に

II
1. 楽し
2. あり
3. でき
4. なやんだ
5. できる
6. 言った
7. 守る
8. しない
9. 考えた
10. 信じた
11. 戻ってきた
12. 始める
13. 走り
14. 際して
15. 金持ちである
16. 言った
17. つけ
18. うれしかった
19. 来ない
20. やり直せる
21. 遅れよう
22. 悪かろう
23. 試合だった
24. した
25. 食べる

III
1. b
2. c
3. b
4. c
5. a
6. d
7. d
8. a
9. d
10. b
11. c
12. a
13. b
14. d
15. c
16. b
17. c
18. d
19. a
20. d
21. c
22. c
23. b
24. d
25. a

Unit 07 練習 (P.96)

I
1. に
2. では
3. か、かの
4. に
5. に
6. では
7. で
8. か
9. に、ず
10. には
11. に

II
1. 食べ／食べる
2. 限らず
3. 限った
4. 積もった
5. 耐え
6. せず
7. 着き
8. する
9. 開く、開かない
10. なり
11. 言わず
12. する

III
1. b
2. c
3. d
4. a
5. c
6. a
7. b
8. c
9. b
10. d
11. a
12. b
13. d
14. c
15. a
16. d

IV
1. d
2. c
3. a
4. b

Unit 08 練習 (P.110)

I
1. に
2. と
3. と、と
4. ず、も
5. に
6. と、も
7. に
8. か
9. に
10. を
11. か

II
1. しない
2. 調べた
3. 限って
4. 言える
5. した
6. いのる
7. 研究者である
8. 忙しかった／忙しい
9. 見えて
10. いえ
11. あきらめ
12. 速さ

III
1. d
2. b
3. d
4. a
5. a
6. c
7. b
8. c
9. c
10. d
11. b
12. b
13. c

IV
1. a
2. a
3. d
4. c
5. c

Unit 09 練習 (P.121)

I
1. は、は
2. に
3. に
4. は、が
5. から
6. に
7. にも
8. を
9. は、かに
10. と
11. か

II
1. 明けよう
2. 決めた
3. 見て
4. される／された
5. 降る、降った
6. ある
7. 安い
8. 行こう、行けなかっ
9. 考えよう
10. 出よう

III
1. c
2. b
3. c
4. a
5. d
6. b
7. b
8. c
9. a
10. d
11. d
12. a

IV
1. a
2. d
3. c

まとめテスト3 (P.124)

I

1. か
2. には
3. に
4. に／から
5. では
6. で
7. に
8. と、と
9. に
10. のみ
11. に
12. に
13. と
14. に
15. を
16. か、か
17. か
18. から
19. は、は
20. に
21. に
22. は、が
23. に
24. を
25. は、に

II

1. す／する
2. 鳴った
3. 笑わず
4. 待ち
5. 決まり
6. 限らず
7. 限って
8. ある
9. せず
10. 行く、行かない
11. 言わ
12. 速さ
13. 見えて
14. 開く、開かない
15. 学生である
16. しない
17. し
18. むかえよう
19. 言える
20. 見て
21. かけよう
22. 降る、降った
23. 行こう、行けなかっ
24. 穏やかである
25. 考えよう

III

1. d
2. a
3. d
4. b
5. c
6. b
7. c
8. b
9. d
10. d
11. c
12. d
13. b
14. d
15. a
16. c
17. a
18. c
19. d
20. b
21. c
22. a
23. b
24. b
25. d

N2　敬語 (P.128)

1. c
2. d
3. b
4. c
5. a
6. a
7. d
8. c
9. a
10. b
11. a
12. c
13. d
14. a
15. b
16. a
17. b
18. d
19. c
20. a

Ⅰ

(P.134)

問題 1

1. d
2. b
3. c
4. a
5. c
6. d
7. a
8. d
9. c
10. d
11. b
12. c
13. a
14. c
15. a
16. d
17. b
18. d
19. c
20. c

問題 2

1. a　b→d→a→c
2. a　c→b→a→d
3. b　a→d→b→c
4. b　d→b→c→a
5. d　a→b→d→c／
　　　b→a→d→c
6. d　c→b→d→a
7. c　d→a→c→b
8. a　b→c→a→d
9. a　b→d→a→c
10. d　c→a→d→b

問題 3

1.

1　b
2　d
3　a
4　b

2.

1　b
2　c
3　d
4　a

Ⅱ

(P.138)

問題 1

1. b
2. d
3. a
4. a
5. c
6. c
7. b
8. d
9. b
10. a
11. a
12. c
13. b
14. d
15. a
16. b
17. a
18. d
19. c
20. a

問題 2

1. a　c→d→a→b
2. b　d→c→b→a
3. a　c→b→a→d
4. d　a→c→d→b
5. c　d→a→c→b
6. d　c→d→a→b／
　　　c→d→b→a
7. c　b→c→d→a
8. c　a→d→c→b
9. d　b→a→d→c
10. a　d→b→a→c

問題 3

1.

1　a
2　c
3　d
4　b

2.

1　d
2　b
3　c
4　d

Ⅲ

(P.142)

問題 1

1. b
2. a
3. d
4. c
5. d
6. b
7. d
8. a
9. c
10. a
11. c
12. d
13. b
14. c
15. d
16. a
17. b
18. c
19. d
20. a

問題 2

1. c　d→b→c→a
2. b　c→a→b→d
3. a　b→d→a→c
4. c　d→a→c→b
5. d　c→a→d→b
6. c　a→c→d→b
7. d　b→a→d→c
8. c　a→d→c→b
9. a　d→b→a→c
10. c　b→d→c→a

問題 3

1.

1　c
2　d
3　b
4　b

2.

1　c
2　c
3　b
4　a

安藤栄里子（あんどう　えりこ）
　　MANABI 外語学院　新宿校　教務主任

今川　和（いまがわ　かず）
　　東京情報大学　非常勤講師
　　東京国際大学付属日本語学校　非常勤講師

「耳から覚える 日本語能力試験 文法トレーニングN2」

安藤　栄里子、今川　和　著

"MIMIKARA OBOERU NIHONGO NORYOKU SHIKEN BUNPO TRAINING N2"

by Eriko Ando, Kazu Imagawa

Copyrights © 2010 Eriko Ando, Kazu Imagawa

All rights reserved.

This edition is published by arrangement with ALC Press, Inc., Tokyo

through Tuttle-Mori Agency, Inc., Tokyo.

The original japanese edition was published by ALC Press, Inc.

本書原名－「耳から覚える 日本語能力試験 文法トレーニングN2」

耳感記憶 日本語能力試験 文法 N2　　　　（附有聲 CD1 片）

2012 年（民 101） 4 月 1 日　第 1 版　第 1 刷　發行
2019 年（民 108）10 月 1 日　第 1 版　第 4 刷　發行

定價 新台幣：340 元整

著　　者　安藤栄里子・今川　和
授　　權　株式会社アルク
發 行 人　林 駿 煌
發 行 所　大新書局
地　　址　台北市大安區(106)瑞安街256巷16號
電　　話　(02)2707-3232・2707-3838・2755-2468
傳　　真　(02)2701-1633・郵政劃撥：00173901
法律顧問　統新法律事務所

香港地區　香港聯合書刊物流有限公司
地　　址　香港新界大埔汀麗路36號 中華商務印刷大廈3字樓
電　　話　(852)2150-2100
傳　　真　(852)2810-4201